曾国藩诗文集
——看学者笔下生花

曾国藩 著
闫林林 注释

中国书籍出版社
China Book Press

图书在版编目（CIP）数据

曾国藩诗文集：看学者笔下生花 /（清）曾国藩著；闫林林注释. -- 北京：中国书籍出版社，2015.1

（曾国藩全集精粹典藏本）

ISBN 978-7-5068-3364-6

Ⅰ.①曾… Ⅱ.①曾… ②闫… Ⅲ.①古典诗歌—诗集—中国—清后期②古典散文—散文集—中国—清后期Ⅳ.①I215.22

中国版本图书馆 CIP 数据核字 (2013) 第 021293 号

曾国藩诗文集——看学者笔下生花

曾国藩 著　闫林林 注释

策划编辑	武　斌
责任编辑	牛　超
特约编辑	陈　娟　李明才
责任印制	孙马飞　马　芝
封面设计	北京天元晟然文化发展有限公司
出版发行	中国书籍出版社
地　　址	北京市丰台区三路居路 97 号（邮编：100073）
电　　话	（010）52257143（总编室）　（010）52257140（发行部）
电子邮箱	chinabp@vip.sina.com
经　　销	全国新华书店
印　　刷	三河市汇鑫印务有限公司
开　　本	710 毫米 ×1000 毫米　1/16
字　　数	300 千字
印　　张	13
版　　次	2015 年 1 月第 1 版　2015 年 1 月第 1 次印刷
书　　号	ISBN 978-7-5068-3364-6
定　　价	29.80 元

版权所有　翻印必究

总　序

　　曾国藩是影响最大的晚清人物之一，他靠镇压太平天国起义起家，是清朝的"救命恩人"；他整顿湘军，使湘军将帅廉勇，军纪严明，成为一支骁勇善战的军队；他"匡救时弊"、整顿政风，倡导学习西方文化，发起洋务运动，使晚清出现了"同治中兴"；他克己唯严，标榜道德，崇尚气节，身体力行，获得了许多人的拥戴；他的学问文章兼收并蓄，博大精深，是近代大儒，"其著作为任何政治家所必读"；他以自己的独特经历和行为，成就了儒家的修身、齐家、治国、平天下目标和立功、立德、立言"三不朽"事业，甚至有人称其为"中华千古完人"。

　　曾国藩当然不是什么"中华千古完人"，其武功德行也由于时势的律动呈现出复杂的效应。但不可否认的是，曾国藩一生言行，的确体现了高超的智慧，值得后人认真总结，细致玩味。近年来，曾国藩论著的流行，正是这种需求的有力印证。作为对曾国藩思想智慧的分类展示，我们精心编选了《曾国藩全集精粹典藏本》，书系包括了《曾国藩家书·家训：看先贤如何齐家》《冰鉴·日记：看领导者如何识人、修身》《败经·挺经：看智者久立不败之术》《曾国藩奏折：看名臣如何上书》《曾国藩用兵谋略：看勇者如何带兵》以及《曾国藩诗文集：看学者笔下生花》，集结了曾国藩智慧的精华部分。

　　《曾国藩家书家训》整理并收录了《家书》七篇和《家训》五篇，全书行文从容镇定，形式自由，在平淡家常中蕴含真知良言，具有极强的说服力和感召力。

《冰鉴·日记》整理并收录了《冰鉴》七篇和《日记》八篇。《冰鉴》全面深入地剖析了辨貌、观行、识人的要领，可帮助人们在纷繁复杂的人际交往中分辨人的品格、能力和德操，在现代社会仍有借鉴意义。曾国藩一生坚持写日记，在日记中他记录自己的行为、反思自己的过错、检讨自己的得失，其中所体现的严于律己的精神是其取得功绩的秘诀之一。

《败经·挺经》整理并收录了《败经》十八篇和《挺经》十八篇。《败经》是一部具有实用价值的析败致胜的佳作，其内容包括曾国藩一生对"败"的深刻理解与感悟。《挺经》乃曾国藩对自己一生成功经验和失败教训的全面总结，言简意赅地表达了曾国藩成就事业的要旨、心得。

《曾国藩奏折》整理并收录了曾国藩生前的奏折数十篇。全书体现了晚清时期大臣与君王之间的微妙关系，将曾国藩在险恶政治环境中的生存智慧清晰地呈现在读者面前。

《曾国藩用兵谋略》是曾国藩对自己治军思想的高度总结，阐发了诸如军事上如何选用人才、如何对待将领、如何进行改革等许多道理，对现代读者的人生、工作、事业同样有着宝贵的借鉴意义。

《曾国藩诗文集》分为文集和诗集两部分。曾国藩一生留下了大量的文章、诗歌，后世文章大家梁启超对曾国藩的文章大加称赞，说单就文章而言，曾国藩也"可以入文苑传"。本书选取了曾氏的诗文代表作，让读者得以领略这位晚清名臣的文字造诣和文学修养。

阅读《曾国藩全集精粹典藏本》，可以让我们全方位地认识曾国藩、了解曾国藩，领略曾国藩的智慧与学识，进而通过曾国藩形象地感受中国传统文化的精彩与局限。

前 言

　　曾国藩不仅是"清朝第一名臣",更被誉为"道德文章冠冕一代"。曾国藩一生勤于笔墨,留下了大量的诗、文,其所涉及的内容非常广泛,小到日常琐事、人际关系以及家庭生计等,大到进德修业、定国安邦等;是曾国藩一生主要活动及其治家、治学、治国之道的精要总结。那么,曾国藩的诗文具有什么样的特点呢?

　　一是文章大气通达。曾国藩主张"文章之道,以气象光明俊伟最难而可贵。如雨初晴,登高山而望旷野;如楼俯大江,独坐明窗净几之下,而可以远眺;如英雄侠士裼裘而来,绝无龌龊猥鄙之态。此三者皆光明俊伟之象。"这就是说文章应该大气通达,不可以拘谨猥琐。并且,他还强调,文中分段要明晰,过渡又要巧妙,使全篇气息通畅有逻辑性。

　　二是善于突出主旨,谋篇布局。曾国藩认为,不管是长篇巨制,还是短章小品,艺术上必须是完美的有机体,就好像画一个人,大到四肢全体,小到衣褶面纹,都要完完整整。最主要的是要有明确的主题思想来统领全篇,比如,山有主峰,水有干流,使每个部分的精神意趣皆有所归,这样的文章才有"体",才能够"成章"。换句话说,写文章一定要善于突出主体谋篇布局。这也是曾国藩文章的一个显著的特点。

　　三是有情有理,顺理成章。曾国藩认为,文章的根本在于有情有理,顺理成章,处理好这一点,也就解决了长期以来文章的抒情与明理之争。

此外，他还将"情"和"文"的关系，分为"情生文"与"文生情"两部分。所谓"情生文"是指文章产生于作者的感情，他认为这就是古人所说的"情动而词发"；而"文生情"则是指文章能调动读者的感情，具有以情感人的效果。所以，曾国藩在作文时，总是能巧妙地处理"情"、"理"、"文"之间的关系，使自己的文章更加出色。

在编选此书的时候，编者阅读了大量的关于曾国藩的历史资料，对其留下来的诗、文进行了精心的整理，认真地筛选出了最能反映曾国藩思想，最能体现曾国藩智慧，最具代表性的篇章，辑录成册，让读者能够花费较少的精力，以较快的速度窥视"曾圣人"的内心世界。

打开本书，用心品读，让我们一起回到那个年代，看看发生在曾国藩身上的故事吧。

总序	1
前言	3

文集——传颂后世之书 1

顺性命之理论	2
朱心垣先生五十六寿序	4
田昆圃先生六十寿序	6
朱玉声先生七十三寿序	8
吴君墓志铭	10
烹阿封即墨论	12
王翰城刺史五十寿序	14
陈岱云妻易安人墓志铭	16
送郭筠仙南归序	18
何傅岩先生七十寿序	20
新化邹君墓志铭	22
送周荇农南归序	24
送陈岱云出守吉安序	26
书《学案小识》后	28
送唐先生南归序	30
郭璧斋先生六十寿序	32
《纪氏嘉言》序	34
金殿珊先生六十寿序	36
送江小帆同年视学湖北序	38
君子慎独论	40

原才 …………………………………………………… 41
黄矩卿师之父母寿序 ………………………………… 42
文小南之父七十生日寿诗序 ………………………… 44
曹颖生侍御之继母七十寿序 ………………………… 46
《钱港舣先生制艺》序 ……………………………… 48
曹西垣同年之父母寿序 ……………………………… 49
王静庵同年之母七十寿序 …………………………… 51
孙鼎庵先生六十寿序 ………………………………… 53
善化夏母杨宜人墓志铭 ……………………………… 55
江岷樵之父母寿序 …………………………………… 57
新宁县增修城垣记 …………………………………… 59
岁暮设奠告王考文 …………………………………… 61
谢子湘文集序 ………………………………………… 62
书王雁汀前辈《勃海图说》后 ……………………… 63
养晦堂记 ……………………………………………… 65
台洲墓表 ……………………………………………… 67
《湖南文征》序 ……………………………………… 69
罗君伯宜墓志铭 ……………………………………… 71
江宁府学记 …………………………………………… 73
遵义黎君墓志铭 ……………………………………… 75
海宁州训导钱君墓表 ………………………………… 77
书何母陈恭人事 ……………………………………… 79
湘阴郭府君暨张安人墓志铭 ………………………… 81
诰封光禄大夫曾府君墓志 …………………………… 83
葛寅轩先生家传 ……………………………………… 86
母弟温甫哀词 ………………………………………… 88

《欧阳生文集》序……………………………………………… 91

圣哲画像记…………………………………………………… 93

桃源县学教谕孙君墓表………………………………………… 97

毕君殉难碑记………………………………………………… 99

孙芝房侍讲刍论序……………………………………………… 101

林君殉难碑记………………………………………………… 103

湖口县楚军水师昭忠祠记……………………………………… 105

武昌张府君墓表……………………………………………… 107

翰林院庶吉士遵义府学教授莫君墓表………………………… 109

何君殉难碑记………………………………………………… 112

《经史百家杂抄》题语………………………………………… 114

《经史百家简编》序…………………………………………… 115

箴言书院记…………………………………………………… 116

刘忠壮公墓志铭……………………………………………… 118

诗集——百代留芳之雅 …………………………………… 120

里胥…………………………………………………………… 121

岁暮杂感十首………………………………………………… 122

寄郭筠仙浙江四首……………………………………………… 124

杂诗九首……………………………………………………… 125

送凌九归……………………………………………………… 128

送吴荣楷之官浙江三首………………………………………… 129

感春六首……………………………………………………… 131

温甫读书城南寄示二首 …………………………………… 134

早发沔县遇雨 ………………………………………………… 135

初入四川境喜晴 ……………………………………………… 135

为何大令题明赵忠毅公铁如意 ……………………………… 136

赠李生 ………………………………………………………… 137

桂湖五首 ……………………………………………………… 138

梓潼道中有怀冯树堂陈岱云 ………………………………… 139

早发武连驿忆弟 ……………………………………………… 139

入陕西境六绝句 ……………………………………………… 140

西征一首呈李石梧前辈 ……………………………………… 141

留侯庙 ………………………………………………………… 142

柴关岭雪 ……………………………………………………… 142

三十三生日三首 ……………………………………………… 143

读李义山诗集 ………………………………………………… 144

国士桥 ………………………………………………………… 144

至日二首 ……………………………………………………… 145

雨 ……………………………………………………………… 145

喜筠仙至即题其诗集后 ……………………………………… 146

哭少时同学某 ………………………………………………… 147

寄弟 …………………………………………………………… 148

送吴英樾之官浙江兼简魏黄生大令三首 …………………… 149

六月二十八日大雨冯君树堂周君荇农郭君筠
仙方以试事困于场屋念此殆非所堪诗以调之 …………… 150

荇农既和余诗而三子者皆见录于有司乃复次韵 …………… 151

送邓伯昭兼简家伯秀醇才三首 ……………………………… 152

酬九弟四首 …………………………………………………… 153

乙巳春闱谢戴醇士前辈画竹 ………………………………… 154

题醇士前辈为滇生师画竹迭前韵	155
请醇士前辈画竹归贻树堂题诗一首	156
又赠筠仙一幅	156
酬岷樵	157
移居偶成	158
赠梅伯言二首	158
送陈岱云出守吉安	159
吴宫黄病中属市鹿尾	161
腊八日夜直	161
陈庆覃诗钞题辞三首	162
憩红诗课戏题一诗于后	163
题钱仑仙燃烛修书图	164
酬陈庆覃侍御	165
兹晨	166
失题	166
送凌十一归长沙五首	167
失题四首	168
秋怀诗五首	169
酬薛晓帆	170
丙午初冬寓居报国寺赋诗五首	171
送舒伯鲁	173
送莫友芝	174
题彭旭诗集后即送其南归二首	175
丁未六月廿一为欧阳公生日集邵二寓斋分韵得是字	176
酬李生三首	177
次韵戴醇士邵蕙西见过	178

武会试闱中作 ·· 179
题王麓屏扁舟归养图二首 ································ 179
书严太守大关赈粜诗后 ··································· 180
送孙芝房使贵州二首 ······································· 181
太学石鼓歌 ·· 182
题朱伯韩侍御之尊人诗卷手迹 ························ 183
送梅伯言归金陵三首 ······································· 184
送黄恕皆使秦中 ·· 185
北堂侍膳图为姚吏部题二首 ···························· 186
韩斋为孔舍人题 ·· 187
桐阴消夏图为史吏部题 ··································· 188
题苗先麓寒灯订韵图 ······································· 189
养闲草堂图为潘博士题 ··································· 190
壬戌四月沅弟克复巢县和州含山等城赋诗四首 ······· 191
游金山观东坡玉带诗 ······································· 192
题俞荫甫群经平议诸子平议后 ························ 193
酬王壬秋徐州见赠之作 ··································· 194

参考文献 ·· 195

文集

传颂后世之书

顺性命之理论

　　尝谓性不虚悬，丽乎吾身而有宰；命非外铄，原乎太极以成名，是故皇降之衷，有物斯以有则，圣贤之学，惟危惕以惟微。盖自乾坤奠定以来，立天之道曰阴与阳，静专动直之妙，皆性命所弥纶。立地之道曰柔与刚，静翕动辟之机，悉性命所默运。是故其在人也，絪缊①化醇，必无以解乎造物之吹嘘。真与精相凝，而性即寓于肢体之中。含生负气，必有以得乎乾道之变化。理与气相丽，而命实宰乎赋畀之始。以身之所具言，则有视、听、言、动，即有肃、乂②、哲、谋。其必以肃、乂、哲、谋为范者，性也；其所以主宰乎五事者，命也。以身之所接言，则有君、臣、父、子，即有仁、敬、孝、慈。其必以仁、敬、孝、慈为则者，性也；其所以纲维乎五伦③者，命也。此其中有理焉，亦期于顺焉而已矣。

　　请申论之：性浑沦而难名，按之曰理，则仁、义、礼、智，德之赖乎扩充者，在吾心已有条不紊也。命于穆而不已，求之于理，则元、亨、利、贞，诚之贯乎通复者，在吾心且时出不穷也。有条不紊，则践形无亏，可以尽己性，即可以尽人物之性。此顺乎理者之率其自然也。时出不穷，则泛应曲当，有以立吾命，即有以立万物之命，此顺乎理者之还其本然也。彼夫持矫揉之说者，譬杞柳以为杯棬，不知性命，必致戕贼仁义，是理以逆施而不顺矣。高虚无之见者，若浮萍遇于江湖，空谈性命，不复求诸形色，是理以惝恍而不顺矣。惟察之以精，私意不自蔽，私欲不自挠，惺惺常存，斯随时见其顺焉。守之以一，以不贰自惕，以不已自循，栗栗惟惧，斯终身无不顺焉。此圣人尽性立命之极，亦即中人复性知命之功也夫！

注释：

①絪缊（yīn yūn）：亦作"氤氲"，形容烟气很浓的样子。

②乂（yì）：本意为治理。在此指具有治国才能的人。

③五伦：中国传统社会基本的五种人伦关系，即君臣、父子、兄弟、夫妇、朋友五种关系。伦，就是人与人之间的道德关系。

朱心垣先生五十六寿序

　　于余为兄弟行，结交最少，久而弥挚者，屈①指无几人也，则有若朱啸山富春。于余为父执，又早器余，余爱慕而不敢侮者，亦无几人也，则有若姻伯心垣先生。啸山为先生冢嗣，其交余也，先生实令之也。先是先生与家严君同学，互相掖重，两家世好既笃，重之以婚姻，故余知先生特详。前岁丙申，先生年五十，啸山谋称觞，乞余以言侑爵。先生曰："是何为者？传曰'恒言不称老'。今吾方托堂上之荫，将不以礼处我乎？抑以谀词诬我乎？且古者下寿六十，今吾犹未也。"固请不获，又数年，啸山举于乡，偕余北上，从容谓曰："吾父所以固辞颂祷者，善则归亲，义不得专也。今吾欲丐子文，为寒门作家庆图，使吾父上有以承祖父母欢，下有以自娱，而即以为吾父寿，可乎？"余曰："可。昔董召南隐居孝义，昌黎韩子为诗纪其事；姚氏三瑞堂世以孝称，东坡亦作诗美之。今君欲以娱重闱者娱其亲，是孝子等而上之之义也。贤哉！吾不能以诗寿先生，请觊陈君家天伦之乐，以娱先生之志。"

　　今夫科名宦达，岂以宠身？亦借为显扬之资也。先生以第一人补弟子员，再踬场屋，遂弃举业，其天怀恬淡，视青紫不值一哂耳。乃其督课子侄，则锐意进取，惟恐后时。讨论史事，旁及制艺书学，皆得窾郤②而勖以法度。在先生，岂徒欲弋取时荣哉？不过欲博膝下之欢，使老人闻之曰："阿孙才，今试已列前茅矣；阿孙能，可以与贤书选矣。"因而鼓舞后进，怡然忘老，此其可娱者，一也。君家田园足以自给，先生周视原野物土之宜，稻粱之外，杂莳嘉蔬。种秫二顷，获以酿酒，名曰延龄。杀鸡佐之，但以奉亲，不以劝客。有馀则庋置焉。门外方塘，广可百亩。旁置小艇，宜钓宜网。当春种鱼，秋则取之，以强半供甘旨，其他则请所与子姓醉饱，波及群下。其可娱者，又一也。

君家早岁颇有外侮。自先生综家政，敬宗收族，袒免以下，一视同仁。闾里细民，强梗者锄之，不肖者劝之，贫无告者周恤之，竭力之所胜而不德焉。比来一境恬然，曩时箕舌之怨，雀角之争，皆以潜消，而高堂暮齿亦得晏安无患。其可娱者，又一也。抑闻之：夫妻好合，兄弟既翕③，父母其顺矣。先生早占炊臼，续以鸾胶，不闻有遇虐后母之事。非刑于之道乎？方凤台先生之以计偕入都也，先生曰："予弟行役，不可以劳门闾④之望，丈夫何惮万里哉？"乃杖策送弟北征，而卫以俱返，不贤而能之乎？迩年以来，弟侄能文者，先生为之延师课读；肄武者，为之料量鱼服竹闭之具，使之皆得成名。以故床笫之间秩如也，昆弟翼翼如也，寝门之内訢訢如也。此甚可娱者一也。又先生熟于形家之言，往为大母卜佳城，备极劳瘁，终乃永臧。今腰脚尚健，暇则陟层岭，披蒙茸，裹粮而从一奚。游览既审，归而告于堂上曰："某水某山，大人所经历也。有佳兆，当贵至彻侯。某宅某田，大人所钓弋之所也，居之后必昌。"因与指画形势，兼诵撼龙疑龙之经。而堂上亦倾听不倦，或佯诺之，微笑其幻渺。此亦可娱之一端也。

　　夫天伦之乐⑤，岂有形哉？日用优游之地，行之而不著，习矣而不察，道路传为盛谈，或油然兴感。而当境者行其心之所安，视为固有而不足怪。以先王之德之遇，凡所谓可以自娱，即以娱亲者，皆已自得之而自忘之。不知此中真乐，虽三公不足以易也。却老延年之道，有进于此乎？啸山归述吾言，酹而祝焉可也！啸山拜曰："善！"

　　遂书以为之序。

注释：

①屈：扳住，弯曲（手指等）。
②窾郄（kuǎn xì）：窾：骨节空处。郄：空隙。比喻善于从关键处入手处理问题。
③翕（xī）：合，聚，和顺。
④门闾：本意为里巷的门。
⑤天伦之乐：指家庭中亲人之间团聚的欢乐，形容家庭之乐。

田昆圃先生六十寿序

道光某年月，为我年伯昆圃先生六十初度。其嗣君敬堂同年，丐余以文为寿，且曰："古者，称寿不必揽揆之辰，寿人以序，抑非古也。然震川归氏、望溪方氏尝为之，是或有道焉。"余曰："然。寿序者犹昔之赠序云尔。赠言之义，粗者论事，精者明道；旌其所已能，而蕲其所未至。是故称人之善，而识小以遗巨，不明也；溢而饰之，不信也；述先德而过其实，是不以君子之道事其亲者也；为人友而不相勖以君子者，不忠也。今子所以寿亲者，于意云何？"敬堂曰："吾父固好质言。凡生平庸行，众人所恒称道者，不足为君述。吾父早岁以课徒为业，迄今几四十年。尝曰：'塾师卤莽塞责，误人子弟不浅，吾不敢也。'戊戌，雨三幸成进士，选庶常。吾父书来，戒以'初登仕版，勿轻干人。'"于戏！安得此有道之言乎？

盖自秦氏燔群籍，教泽荡然。汉武帝始立《五经》[①]于学宫。使诸生各崇本师，置博士，举明经，而圣言乃绝而复续。明太祖以制义取士，并立程朱之义，使天下翕然尊尚，而圣贤之精蕴始照灼于幽明。二君者，盖见夫学校之不可复，故定为功令，使人以此为禄利之途，而阴以崇儒术而阐大义。由今言之，明圣道于煨烬之馀，而炳若日星，表宋儒之精理，使僻陬下士，皆得闻道者，不得不归功于二君。然使人以诗书为干泽之具，援饰经术而荡弃廉耻者，又未始非二君有以启之也。今世之士，自束发受书，即以干禄为鹄。惴惴[②]焉，恐不媚悦于主司。得矣，又挟其术以钓誉而徼福。禄利无尽境，则干人无穷期。下以此求，上以此应。学者以此学，教者以此教，所以来久矣。百步之矢，视其所发，差若毫厘，谬以千里。振古君子多途，未有不自不干人始者也。小人亦多途，未有不自不干人始者也!今先生之诫子,首在不轻干人。则平日之立教,所谓不误人子弟者,概可知矣。出处取与之间,士大夫或置焉不讲。而乡里老师、耆儒③,往往以教其家,绳其门徒。吾父课徒山中,亦有年所,每戒小子,辄曰:"俭约者不求人。"与先生辞旨略同。而吾党郭君雨三,亦得父训以成名。当交相毖④勉,力求所以自立者,以图无忝所生。不然,先生不欲误人子弟,而吾辈一离膝下,乃反自误其身。日偈⑤月玩,委弃而不克自振,终且不免于干人也。吾言不足以重先生,而犹不敢谀词欺吾友。是或为先生之所许乎?敢以为长者寿!

注释:

①《五经》:指《诗经》《尚书》《礼记》《周易》《春秋》,简称"诗、书、礼、易、春秋",是中国儒家的经典书籍。
②惴惴(zhuì zhuì):语出《诗经·小雅·小宛》:"惴惴小心;如临于谷。"指担心害怕。
③耆儒(qí rú):指年高德劭的儒者。
④毖(bì):谨慎,操节。
⑤偈:指休息。

朱玉声先生七十三寿序

天可补，海可填，南山可移；日月既往，不可复追。其过如驷，其去如矢，虽有大智神勇，莫可谁何？夸父之追，鲁阳之挥戈，陶士行之惜阴，有以哉！有以哉！

余与朱尧阶以道光十年论交于长沙，当时相见恨晚[①]。曾几须臾[②]，遂阅一终一星终矣。前岁戊戌，余乞假旋里，值玉声先生七十诞辰，尧阶以寿亲之文见属。余忻然不辞。迁延未报，一诺三年，甚哉！光阴之迁流如此，其足畏也。人固可自暇逸哉？以余玩愒时日，有言不践，学问不加进，而尧阶不务显扬之实，徒欲以祝史徽言娱亲志，二者均非先生之所许也。何足以为先生寿？虽然，吾与尧阶交旧矣，不可不略抒固陋，表先生之暗修，以征其所以延龄之由，以卜将来无量之祜！以慰吾尧阶，以勖吾尧阶也。

盖先生则可谓不自暇逸者矣。先生少失怙，既冠，又失恃。家故贫，破屋数椽，兄弟谋析产。先生以其稍完者付诸昆，而指其隙地一弓自予。去之贾，不数年致千金。已而散去。又如是，又散去。屡裕屡绌[③]，晏如也。先生有嫂早寡，穷不能自存，乃为之谋生计，抚孤儿。终节妇之世，无衣食虑。复出资，为之表其节，闻于有司，与其大母并建总坊。尤慷慨好义，宗族中有不能自赡者，饮之必给；有没不能终葬具者，周之必无缺礼。子侄有游惰无常职者，掖之培之，视其材必俾有成。他如联族谱，建支祠，治祖茔，置祭产，凡事关本原之大者，经之营之，有废必举，有初必终。故其所以屡绌者，人皆知之，为其急公也，为其义也。其所以屡裕者，人或不知。传曰："民生在勤，勤则不匮。"先生之所为常致充盈，绰皆有馀者，勤而已矣。不自暇逸而已矣。计自少壮以泊今日，拮据飘摇，几无虚日。今夫天恢恢[④]大圆，终古磨旋，今夫山终古常峙，海终古常流，其盛大而生物不测，由其不贰。不贰故不息，不息故久。夫人也亦若是焉矣；守其朴者完其素；劳其力者贞而固；户枢不蠹，磨铁不蚀，胥是道也。以先生之不自暇逸而得康强逢吉，又何疑乎？又何疑乎？

  余与尧阶，相友以心，相砥以道义。今尧阶幸得啜菽饮水，承欢膝下。而余一官鲍系，既不能拾遗补阙，有丝毫裨益于时，又不能归侍晨昏，又不得奉板舆以迎养。余自是有羁旅之感矣。《风》有《陟岵》之章，《雅》有《四牡》之什，皆以行役在外，睠怀门闾。孔子曰："父母之年，不可不知也。"愿吾尧阶佩玦管，调滑甘，爱光阴如拱璧，舞彩服如婴儿。由是而后，先生乐孙曾之蕃昌，欣琴瑟之静好。耄耋⑤期颐，怡然忘老。则尧阶庶不负读书之志，不忝于盛德大业耳。君子进德修业，欲及时也。时乎，时乎！事亲者可或忽乎！此所以勖尧阶、以慰尧阶，而即以为先生寿者尔。

注释：

①相见恨晚：恨，遗憾。形容一见如故，意气极其相投。出自《史记平津侯永父列传》："天子召见三人，谓曰：'公等皆安在？何相见之晚也。'"
②须臾：一会儿，瞬间，顷刻。
③屡裕屡绌：屡，不止一次地。绌，不足。此意为家庭多次富足又多次拮据。
④恢恢：广大的样子。
⑤耄耋（mào dié）：指年纪大的人。

吴君墓志铭①

吾邑吴君荣楷，既以道光辛丑成进士，将之官浙江。乃手其先人状，请曰："吾父母弃养十二年矣。窀穸之事，粗已安吉。尚未有以铭幽室。子其为我铭之。"固辞不获。

按状：先生姓吴氏，讳文深，字致远，湘乡人。曾祖文章，祖太若，父振世，皆以愿谨称。家故饶，振世公既老，携资客游常德，先生从之行。留明远翁家居。明远，先生兄也。常德去湘乡千余里。逾二年，而振世公卒。邻里无行者，利其有，率众闯然至丧次，叫嚣隳②突，杂以胥役。先生鸡斯徒跣③，击胸如坏墙，号泣向众曰："孤儿在此！环顾无功缌之戚，无密友、干仆。若辈不哀吾丧，而迫人于难，是可忍乎？且胥役何为者？孤儿请以泣血溅县官之庭矣。"众瞠视，各鸟兽散。乃部署丧事，从容扶榇归湘。时先生年十六岁也。既归，事母益谨。然家益落，遂与明远翁经营生计。惟母养特丰，他则皆从俭约。久之，复稍裕。吴氏自鼎革后，谱牒散佚，先生力为倡修。特征详核，数年而成。既又倡修家祠。明远翁捐基地数十亩，先生竭力缔构。夫其拮据漂摇之际，旁午未遑，而能敬宗收族，先其大者，可谓知本矣。道光某年某月某日卒，年八十有四。葬某县某里某原配宋孺人合葬焉。宋孺人少先生十余岁。既来归，尤耐艰勋④。振世公之客常德，孺人不逮事也，逮事姑，曲意承欢，如恐失之。性好恤穷困；邻妇纺织无资，则罄所有给之。先是明远翁常外出，有子名荣林者。绝颖异。先生择师督读，视犹己子，遂以成立，为名诸生。已而荣楷兄弟皆从之受业。孺人之视荣林也，不以为侄也，以为师也。邑人咸⑤谓先生之教子，孺人实赞之云。某年月日有疾卒，年六十有一。子二人：长荣楠，邑庠生；次即荣楷。孙光煦，邑庠生；次某，次某。女孙七人。

铭曰：少而御侮豪强伏，长而克家宗族睦，耄而韬光讷内朴。讷乎？朴乎？黑而雌者福乎？斧之，藻之，舟之，方之。夫子之协，琴瑟以将之。宰树青青，有桐有梓！我铭诸石，以妥泉宫，以昌其孙子！

注释：

①墓志铭：悼念文体中的一种。墓志是存放于墓中载有死者传记的石刻。它把死者在世行止，无论持家、德行、政绩等，浓缩成为一份个人的历史档案。墓志铭主要包括志与铭两部分。

②隳（huī）：毁坏。

③跣（xiǎn）：光着脚。

④劬（qú）：此处用作形容词。意为劳累、疲劳。

⑤咸：全，都。

烹阿封即墨①论

　　夫人君者，不能遍知天下事。则不能不委任贤大夫。大夫之贤否，又不能遍知，则不能不信诸左右。然而左右之所誉，或未必遂为荩臣；左右之所毁，或未必遂非良吏。是则耳目不可寄于人，予夺尤须操于上也。

　　昔者，齐威王尝因左右之言而烹阿大夫，封即墨大夫矣。其事可略而论也！自古庸臣在位，其才莅事则不足，固宠则有余。《易》讥覆𫗧，《诗》赓鹈梁②，言不称也。彼既自惭素餐，而又重以贪鄙；则不得不媚事君之左右。左右亦乐其附己也，而从而誉之。誉之日久，君心亦移，而位日固，而政日非。己则自矜，人必效尤；此阿大夫之所为可烹者也。若夫贤臣在职，往往有介介之节，无赫赫之名。不立异以徇物，不违道以干时。招之而不来，麾③之而不去。在君侧者，虽欲极誉之而有所不得。其或不合，则不免毁之。毁之而听，甚者削黜，轻者督责；于贤臣无损也。其不听，君之明也，社稷之福也，于贤臣无益也。然而贤臣之因毁而罢者，常也。贤臣之必不阿事左右以求取容者，又常也。此即墨大夫之所为可封者也。

　　夫惟圣人赏一人而天下劝，刑一人而天下惩。固不废左右之言而昧④兼听之聪，亦不尽信左右之言而失独照之明。夫是以刑赏悉归于忠厚，而用舍一本于公明也夫。

注释：

①烹阿封即墨：典出《史记·田敬仲完世家》：齐威王时，阿大夫搜刮百姓、徇私舞弊，专以贿赂近臣，多有誉言；即墨大夫勤于政务，克己奉公，不事近臣，屡有毁言。齐威王派史臣赴实地考察，明真相后，烹杀阿大夫，分封即墨大夫。

用以喻指为国者须兼听、明断。

②《诗》庚鹈梁：见于《诗·曹风·侯人》："维鹈在梁，不濡其翼。"鹈，鹈鹕，水鸟，擅捕鱼。梁，屋梁。鹈梁，即鹈鹕不捕鱼而歇于梁上，喻不称职。

③麾（huī）：此处同"挥"。

④昧：蒙蔽，隐藏。

王翰城刺史五十寿序

　　古无生日之礼，《颜氏家训》①称："江南风俗，是日有供顿声乐。"盖此礼始于齐梁之间，后世自贵逮贱，无不崇饰；开筵称寿，习以为典。癸卯夏，王君翰城将出牧冀宁，即于是秋五十寿辰，同人或谋祝之。翰城曰："非古也。"其友人曾国藩亦曰："非古也。"虽然，子将别矣，不可无以赠子。

　　盖古者四十而仕，五十服官政。服政云者，为大夫以长人，布政得自专也。古者建官无冗，立法无繁；故任人靡不专，而事靡不理。后世天下之事萃于六曹。六曹之属无虑千计。法令日密，吏胥便之。每事至吏，以意讨例，官则睨②吏意以行。吏颐使，则官可之；吏目止，则官否之。属官所左，卿长亦左之。事无定见，惟众之随。故近日服官得专政者，内惟枢府，外惟牧令。枢府数人，或意见各歧，则得专者尤莫如牧令也。牧令朝行一政，朝及于民。福③民，则我实福之也；殃④民，则我实殃之也。然牧令或不贤，往往不自为政。上则伺大府之喜怒，下则时胥徒之向背；虽欲自专而有所不能。翰城读书四十余年，今以服政之日，为天子之刺史，吾知其能自专矣。夫为刺史而得自专，而不为大府与胥徒箝制⑤者，岂徒然哉？其殆必有所以矣。翰城勉乎哉！他日闻有供顿声乐，跻堂而称寿者，必天子所付托刺史之百姓也。

　　子行矣！吾以是赠，即以为祝焉。

注释：

①《颜氏家训》：是南北朝时期记述个人经历、思想、学识以告诫子孙的著作。

②睨（nì）：动词，意为斜视，窥伺。

③福：使……幸福。

④殃：使……有灾祸。

⑤箝制：同"钳制"，意为用强力限制，使之不能自由行动。

陈岱云妻易安人墓志铭

　　道光二十四年正月，陈君岱云丧其配易安人，则大戚，哀溢于礼。已而谓国藩曰："子知吾之哀乎！吾祖自康熙间由茶陵徙长沙，六世百余年，今其存者五人。吾门祚①之衰可知也！吾父之没，至今十六年，而死亡相继，凡十三役！吾母之不能一日以欢可知也。吾妻从宦五年，既没而殓，求袒衣②无一完者，吾之贫可知也。人之居此世者谓何？吾欲不过哀，得乎！"则又曰："吾妻之贤，子宜有所知，请为铭。"余曰："然！固知之。"

　　盖安人卒之前一岁，陈君尝大病，余朝夕存问，备得安人侍疾状。他日，又得陈君所述，以是颇详。陈君之病凡三阅月矣，安人单忧极瘁，衣不解带者四十余日。凡可以自致者，无弗致也。久之，则祷于室神，求促其身之龄以益夫寿，犹不应。六月丙戌，乃割臂和药以进。当是时，安人之母弟易光蕙，及陈君之友三数人者皆在，惶愕不知所为。国藩则仰天叹曰："陈氏累世赖以不坠者，独此人耳，而有他乎。"然已无可奈何。明日疾乍平，则皆讶。光蕙觇③安人衣袖血迹，稍廉得之，不敢以询。又数日，疾渐瘳，乃询之。安人曰："其有之，此不幸事耳，勿复言，伤病者心也。"道微俗薄，举世方尚中庸之说。闻激烈之行，则訾其过中，或以罔济尼之。其果不济，则大快奸者之口。夫忠臣孝子岂必一求有济哉！势穷计迫，义不反顾，效死而已矣。其济，天也；不济，于吾心无憾焉耳。安人本醴陵人，居长沙，处士昌纲之孙，岁贡生履元之子。以孝谨特为父母所爱。生二十岁矣，而难其适。有王秀才者，自负知人，谓岁贡君曰："茶陵陈某，神仙人也。即择婿，不可失。此子今贫不能衣食，数年后当为达官。不者，且抉吾目也。"是时，陈君之元配没二年矣。既归陈，不逮事④舅，以事其父者敬姑，而以事其母者致爱焉！以是得姑欢。凡修所职，皆衷于大体，无巨细必愨⑤。《诗》曰:"何有何无,黾勉求之。"兹可谓贤矣!况有至行,足感神明者哉?

安人生于嘉庆,某年月日,年三十有一。生子男二人:长远谟;次远济,生四十日而安人卒。女一人。将以某年某月某日归葬于某县某乡某原。余既重其请,乃先期铭之,以激懦者,亦少塞陈君之悲。陈君名源兖,今为翰林院编修,纂修国史也。铭曰:

民各有天惟所治,煮我以生托其下。子道、臣道、妻道也!以义擎天譬广厦,其柱苟颓无完瓦。自今无以身代者,有一于此双盖寡。忧劳积剧焉可支,天之所陨非人尸。跖修渊短谁敢訾?铭兹大节贞厥垂,有他淑行以类推。

注释:

①门祚:"祚"读"zuò",指家世。

②衵衣:"衵"读"yì",指内衣。

③觇(chān):看到,看见。

④事:同"侍",伺候,服侍。

⑤愨(què):意为恭敬、谨慎。

送郭筠仙南归序

　　凡物之骤为之而遽①成焉者，其器小也；物之一览而易尽者，其中无有也。郭君筠仙与余友九年矣。即之也温，挹之常不尽。道光甲辰、乙巳两试于礼部。留京师，主于余。促膝而语者四百余日，乃得尽窥其藏。甚哉！人不易知也。将别，于是为道其深，附于回路赠言之义，而以吾之忠效焉。

　　盖天生之材，或相千万，要于成器以适世用而已。材之小者，视尤小者则优矣，苟尤小者，琢之成器。而小者不利于用，则君子取其尤小者焉。材之大者，视尤大者则绌矣！苟尤大者不利于用，而大者琢之成器，则君子取其大者焉。天赋大始，人作成物。传曰："天不人不因，人不天不成。"不极扩充追琢之能，虽有周公之才，终弃而已矣。余所友天下贤士，或以德称，或以艺显，类有以自成者。而若筠仙，躬绝异之姿，退然深贬。语其德，若无可名。学古人之文章，入焉既深，而其外犹若钮锯而不安，其无所成者与？匠石斫方寸之木，斤之削之，不移瞬而成物矣。及乎裁径尺之材，以为榱桷②，不阅日③而成矣。及至伐连抱之梗枬，为天子营总章太室之梁栋，经旬累月而不得成焉。其器俞大，就之前艰。浅者欲以一概律之，难矣。且所号为贤者，谓其绝拘挛之见，旷观于广大之区，而不以尺寸绳人者也。若夫逢世之技，智足以与时物相发，力足以与机势相会；此则众人之所共睹者矣。君子则不然！赴势其钝，取道甚迂。德不苟成，业不苟名。艰难错迕，迟久而后进，铢而积，寸而累。既其纯熟，则圣人之徒其力造焉，而无扞格，则亦不失于令名。造之不力，歧出无范，虽有瑰质，终亦无用。

　　孟子曰："五谷不熟，不如荑稗④。"诚哉！斯言也！筠仙勖哉！去其所谓扞格⑤者；以蕲至于纯熟，则几矣。人亦病不为耳！若夫自揣既熟，而或不达于时轨，是则非余之所敢知也。

注释：

①遽（jù）：遂，就。

②榱桷（cuī jué）：屋椽，代指担负重任的人物。

③不阅日：形容时间短。

④荑稗（yí bài）：荑、稗为二草名，似禾，实比谷小，亦可食。

⑤扞格：矛盾，或抵触之意。

何傅岩先生七十寿序

国藩读《诗》，至《棠棣》①之篇而叹曰：旨哉！仁人之言也。朋友平居宴乐，有急则掉臂不顾。兄弟，天性也，非至不仁，可以手足而胡越乎？

同年友何君丹溪官编修。其兄璜溪，官武昌同知。兄弟相敬爱，至笃无已。他日，余谓丹溪曰："子之亲，未耄也，二君者皆不迎养，于义谓何？"则告曰："吾大父母之弃养，吾父七龄耳。实依两世父以生。世父长曰晴澜，次曰云岩。吾父曰傅岩，事两兄唯虔，谋必咨，出必告，有财必归之，有疾侍药必躬，至以身祷。云岩世父下世，事寡嫂尤恭。今吾父母之不肯就养官所，徒以长兄、寡嫂在耳。"余闻之悚然。当吾世而犹有严于弟道如此者乎？

又二年，而所谓长兄、寡嫂者相继逝。璜溪执期之丧即除，因卓荐入见天子，遂乞假南归，躬迎二亲，养于武昌官舍。又明年丙午春，为傅岩先生及张太恭人七十诞辰，同年生谋所以寿者，属余为颂祷之言。丹溪曰："子毋效世俗人，世俗所为寿序，至陋而非古。子但略述吾亲实行，使吾昆弟子姓有所法而向善，而吾亲亦将顾而忘老足矣。勿虚谀也。"余曰："子之亲云何？"曰："吾父年十八补县学生，嘉庆癸酉以选拔贡入成均。凡试于乡十六役不得售。异时苗匪寇邻县，世父率乡勇出堵贼。吾父守城，书檄调遣，胥出一手。事平，县令暨监司适主乡试闱事，欲因以私报，力谢之。教人以立品敦伦为先。前后从游千余人。课徒所得余金，则尽刊印世所谓《感应篇注案》者，以劝愚民。吾母以不逮事舅姑为恨，事②夫之兄如严上，事姒妇如姑。盖体吾父友恭之诚如此。"

古者大功同财，自秦人子壮出分，后世沿以为俗，兄弟有视如途人者矣。而为之妇者，伺其夫之旨而加刻焉。片语之隙，荆棘丛生，累世不能泯③其嫌。夫一木之枝，或荣或悴，常也。而常人之情，睹他人之荣，则以为分隔，于己无与；睹兄弟之荣，以其切近则相妒，相妒则争。而荣者之视悴者漠然而疏④，望望焉若将浼己。盖三物之教不行，而俗之偷也久矣。先生以次子嗣仲兄后，顾不肯随二子官，终不令己独荣，而兄与寡嫂独落莫。此其足以激薄俗为何如？而其用心之仁厚，岂有极哉？余为揭其大者，俾璜溪兄弟守此无怠，则先生与太恭人所以娱老者，或亦在此。即以为长者寿可也。

注释：

①《棠棣》：是先秦的一种古诗，出自《诗经·小雅·鹿鸣之什》。

②事：同"视"，把……当做。

③泯：消灭，丧失。

④疏：疏远。

新化邹君墓志铭

　　君讳兴愚，字子哲，邹姓。先世由江西再迁至湖南新化居焉。有珊玉①者，以选拔贡生官永明县教谕，是生祖询，县学生，于君为高祖。曾祖某，祖某，皆不仕。父某，家贫，客游陕西紫阳。族子有先家于是者，遂因其户籍，补紫阳县学廪膳生。生二子，长兴鲁，次即君。君生数岁而廪②膳君卒。依母曾氏力食仅存，痛绳③于学。年十六，仍补县学生。二十五，举道光庚子陕西乡试。甲辰，再上公车，不第，叹曰："吾不得禄，饿死无所损。然如吾母何？"益发愤，不归，日刻钱以食。为文务极思，同业者或不能究其指。明年乙巳二月，疾作，不得与礼部试，竟以六月九日卒于京师，年三十耳。

　　君性戆直④，纠友之违，尽言无巽，有馈以财，辨义无小；非其义却之，无大。安贫若天性然。庚子赴省试，其师陈仅资之金，君尽以金奉母，而自囊钱八百，负布被徒步露宿行千里。仅益敬之。仅故为紫阳令，见君文奇之，怜爱如亲戚，月继米赡其家。久之，仅徙官他县，移君家就养官所，而别以资赠君之京师。君且死，泣曰："吾负大恩未报，命也。"遂绝。既卒，其友人江忠源职其后事，其从兄子律归其丧紫阳。将立其兄子隆岱为嗣，而国藩买石先事为铭，铭曰：

　　是人非蚓，生世实艰。爱有狷者，伯夷是班。有投以币，掷弃如萱。或泰于取，负恩如山。恩不果酬，母不终将。又寡厥配，厥以维黄⑤。仅遣子息，天其俾臧。吾言可信，纳券于藏。

注释：

①瑂玉（méi yù）：本意为似玉的美石。此处意为有钱人。

②廩：积聚，郁结。

③绳：继续。

④戆直："戆"读"zhuàng"。意为迂愚，刚直。

⑤又寡厥配，厥以维黄：句中两个"厥"字意义不同。前者取"那个的"之意，后者取"乃，于是"之意。

送周荇农南归序

　　天地之数以奇而生，以偶而成。一则生两，两则还归于一。一奇一偶，互为其用，是以无息焉。物无独，必有对。太极生两仪，倍之为四象，重之为八卦。此一生两之说也。两之所该，分而为三，淆而为万，万则几于息矣。物不可以终息，故还归于一。天地纲缊，万物化醇；男女构精，万物化生；此两而致于一之说也。一者阳之变；两者阴之化。故曰：一奇一偶者，天地之用也。

　　文字之道，何独不然？六籍尚已。自汉以来，为文者，莫善于司马迁。迁之文，其积句也皆奇，而义必相辅，气不孤伸，彼有偶焉者存焉。其他善者，班固则毗于用偶，韩愈则毗于用奇。蔡邕、范蔚宗以下，如潘、陆、沈、任等，比者皆师班氏者也。茅坤所称八家，皆师韩氏者也。传相祖述，源远而流益分，判然若白黑之不类。于是刺议互兴，尊丹者非素。而六朝隋唐以来骈偶之文、亦已久王①而将厌。宋代诸子乃承其敝，而倡为韩氏之文。而苏轼遂称曰"文起八代之衰"。非直其才之足以相胜，物穷则变，理固然也。豪杰之士所见类不堪远。韩氏有言："孔子必用墨子，墨子必用孔子。不相用，不足为孔墨。"由是言之，彼而于班氏相师而不相非明矣。耳食者不察，遂附此而抹杀一切。又其言多根《六经》，颇为知道者所取。故古文之名独尊，而骈偶之文乃屏而不得与于其列，数百千年无敢易其说者，所以来远矣。国家承平奕祀，列圣修礼右文。硕学鸿儒，往往多有。康熙、雍正之间，魏禧②、汪琬、姜宸英、方苞③之属，号为古文专家，而方氏最为无颣④。纯皇帝武功文德，壹迈古初。征鸿博以考艺，开四库馆以招延贤俊。天下翕然为浩博稽核之学。薄先辈之空言，为文务闳丽。胡天游、邵齐焘、孔广森、洪亮吉之徒⑤蔚然四起。是时郎中姚鼐，息影金陵，私淑方氏，如硕果之不食，可谓自得者也。沿及今日，方姚之流风稍稍兴起，求如天游、齐焘辈闳丽之文，阒然无复有存者矣。间者，吾乡人凌君玉垣、孙君鼎臣、周君寿昌乃颇从事于此。而周君为之尤可喜。其才雅赡有馀地，而奇趣迭生，盖几于能者。夫适王都者，或道晋，或道齐，要于达而已。司马迁，文家之王都也。如周君之所道，进而不已，则且达于班氏而不为韩氏所非；又不已，则王都矣。

周君以道光乙巳成进士，选翰林院庶吉士。值皇太后万寿，天子大孝，锡类臣下得荣其亲，将奉诰命以归觐，出所为文示余。余乃略述文家原委，明奇偶互用之道，假赠言之义，以为同志者勖。嗟乎！区区而以文字相讨论，是则余之陋而不贤者，识小之徒也。

注释：

①王：通"旺"，指流传已久。
②魏禧：我国清代散文家。字冰叔，一字叔子，号"裕斋"，人称"勺庭先生"。
③方苞：字凤九，一字灵皋，晚年号"望溪"，亦号"南山牧叟"，安徽桐城人。清代散文家，是桐城派散文的创始人，与姚鼐、刘大櫆合称为桐城三祖。
④颣（lèi）：瑕疵，毛病。
⑤徒：指一类人。

送陈岱云出守吉安序

　　道光二十五年十一月日长至，翰林编修茶陵陈君奉命出守吉安。明日入谢，上曰："礼官章上，汝妻与请旌表，有诸？"即顿首敬谢："臣源兖妻蒙恩旌表孝行。""其可旌奈何？"则隐约情事，具对十一。上嘉叹，所以尉敕良厚。陈君出，涕泣告人："天子乃能省源兖家事，源兖何以报？"

　　先是陈君尝大病，妻易安人倾死力营救，最后刲①臂和药饮君。君病瘳而安人遘②疾，又数月而生子，子生弥月而安人卒。余昔铭其墓，所称："忧劳积剧，焉可支者"也。既归丧，陈君之母语其亲戚曰："是善事我，又有功陈氏先祖。"语乡人亦如之。乡人上其行，有司以达于礼官。礼官章上，不数日，而陈君有吉安之命。于是陈君益不自克。且曰："吾有君亲殊恩，妻又贳③我死。吾负三不报，其何以酬？"向人辄吁叹，日夜嗛然内疚。亡何，将出国门，国藩乃进而称曰：

　　"子之方寸几矣！抑未知所持也。夫忠孝者，每事而迹之，则日不胜。要惟行吾心之不得已者，斯可矣。民之初，盖皆不忍于其所生。先王制为事亲之礼，温清而定省，疾则尝药，谏则号泣，因人之情而为文达之，其于事君也亦然。父母者，育我；天者，先父母而生我；君者，后天而成我者也。有不忍忘本于父母者，而后爱身以及子姓。有不忍忘本于天者，而后爱吾君以及人民庶物。故入而供弟子之职，出而力王家，勤民事。非直好为观美，内有所激发，不得已而为之者也。先王之教既熄，人不能自道于道，乃始慕名号而从事，其中则漠无所动。潾灖以养亲，而非心中有所爱；踧踖④以观君，而非心中有所敬。及其居官，朝令曰编保甲，夕令曰兴水利、复常平，择名号尤美者而张之；漫不省其所以然。外之标识如彼，内之臁⑤坏如此。故名目者，所以丧人之良心而堕凡事也。仲尼曰：'人而不仁，如礼何？'言本心既亡，不堪以文为涂附之也。贤者思以易之，独宜求诸心不得已者耳。盗贼公行，不得已而立保甲；旱涝饥馑，不得已而兴水利、常平、行之不合，不得已而思。亟思亟问，必尽善而后已。锲而不舍，靡物不断。古有刲臂疗病而立应者，彼迫于无可如何，其神固已深入金石矣。今或浮慕奇行而以号于众曰：'吾将效刲肉故事。'要名之念炽于中，责效之情流于外，则临事必不为，为之且不应。然则子欲上不负君亲，下不愧令妻，可以知所从事矣。吾辱相知重，他无可言者。"至离合之故，则别系以诗。

注释：

①刲（kuī）：割取。

②遘（gòu）：相遇，碰头。

③贳（shì）：本意为赦免。此处意为使……免死。

④跼蹐：恭敬而不安，手足无措。

⑤鬻：毁坏。

书《学案小识》后

唐先生①撰辑《国朝学案》，命国藩校字付梓。既毕役，乃谨书其后，曰：天生斯民，予以健顺。五常②之性，岂以自淑而已？将使育民淑世，而弥缝天地之缺憾。其余天下之物无所不当究，二仪之奠，日月星辰之纪，氓庶之生成，鬼神之情状，草木鸟兽之咸若，洒扫应对进退之琐，皆吾性分之所有事。故曰："万物皆备于我。"人者，天地之心也。圣人者，其智足以周知庶物，其才能时措而咸宜。然不敢纵心以自用，必求权度而絜之。以舜之睿哲，犹且好问、好察。周公思有不合，则夜以继日。孔子，圣之盛也，而有事乎好古敏求。颜渊、孟子之贤，亦曰"博文"，曰"集义"。盖欲完吾性分之一源，则当明凡物万殊之等。欲悉万殊之等，则莫若即物而穷理。即物穷理云者，古昔贤圣共由之轨，非朱子一家之创解也。

自陆象山氏以本心为训，而明之，余姚王氏乃颇遥承其绪。其说主于良知，谓："吾心自有天，则不当支离而求诸事物。"夫天则诚是也！目巧所至，不继之以规矩准绳③，遂可据乎？且以舜、周公、孔子、颜、孟之知如彼，而犹好问好察，夜以继日，好古敏求；博文而集义之勤如此。况以中人之质，而重物欲之累，而谓念念不过乎则，其能无少诬耶？自是以后，沿其流者百辈。间有豪杰之士，思有以救其偏，变一说则生一蔽，高景逸、顾泾阳氏之学，以静坐为主，所重仍在知觉。此变而蔽者也。

近世乾嘉之间，诸儒务为浩博。惠定宇、戴东原之流，钩研诂训④，本河间献王实事求是之旨，薄宋贤为空疏。夫所谓事者，非物乎？是者，非理乎？实事求是，非即朱子所称即物穷理者乎？名目自高，诋毁日月，亦变而蔽者也。别有颜习斋、李恕谷氏之学，忍嗜欲，苦筋骨，力勤于见迹，等于许行之并耕，病宋贤为无用，又一蔽也。排王氏而不塞其源，是五十步笑百步之类矣。由后之二蔽，矫王氏而过于正，是因噎废食之类矣。

我朝崇儒一道，正学翕兴。平湖陆子，桐乡张子，辟诐辞而反经，确乎其不可拔。陆桴亭、顾亭林之徒，博大精微，体用兼赅。其他巨公硕学，项领相望。二百年来，大小醇疵，区以别矣。唐先生于是辑为此编，大率居敬其不偏于静，格物而不病于琐，力行而不迫于隘。三者交修。采择名言，略依此例，其或守王氏之故辙，与变王氏而邻于前三者之蔽，则皆厘而剔之。岂好辩哉？去古日远，百家各以其意自鸣。是丹非素，无术相胜。虽其尤近理者，亦不能厌人人之心而无异辞。道不同不相为谋，则亦已矣。若其有嗜于此而取途焉，则且多其识，去其矜，无以闻道自标，无以方隅自囿⑤。不惟口耳之求，而求自得焉，是则君子者已。是唐先生与人为善之志也。

注释：

①唐先生：指唐鉴。唐鉴，字镜海，湖南善化人，乾隆五十八年进士。

②五常：即"仁、义、礼、智、信"。起初孟子提出"仁、义、礼、智"，后董仲舒扩充为"仁、义、礼、智、信"，后称"五常"。

③准绳：言论、行为等的标准或准则。

④钩研诂训：深入研究古人的言论。

⑤囿（yòu）：局限，被限制。

送唐先生南归序

　　古者道一化行,自卿大夫之弟子与凡民之秀,皆上之人置师以教之。于乡有州长、党正之俦①,于国有师氏、保氏。天子既兼君师之任,其所择,大抵皆道艺两优,教尊而礼严。弟子抠衣趋隅②,进退必慎。内以有所惮而生其敬,外绁业以兴其材。故曰:"师道立而善人多。"此之谓也。

　　周衰,教泽不下流。仲尼干诸侯不见用,退而讲学于洙泗③之间,从之游者如市。师门之盛,振古无俦。然自是人伦之中,别有所谓先生徒众者,非长民者所得与闻矣。仲尼既没,徒人分布四方,转相流衍。吾家宗圣公传之子思,孟子,号为正宗。其他或离道而专趋于艺,商瞿授《易》于馯臂子弓,五传而为汉之田何。子夏之《诗》,五传而至孙卿,其后为鲁申培。左氏受《春秋》,八传而至张苍。是以两汉经生,各有渊源。源远流歧,所得渐纤,道亦少裂焉。有宋程子、朱子出,绍孔氏之绝学,门徒之繁,拟于邹鲁。反之,躬行实践,以究群经要旨,博求万物之理,以尊闻而行知,数百千人,粲乎彬彬。故言艺则汉师为勤,言道则宋师为大;其说允已。元明及我朝之初,流风未坠。每一先生出,则有徒党景附。虽不必束修自上,亦循循隅坐,应唯敬对。若金、许、薛、胡、陆稼书、张念芝之俦,论乎其德则暗然;讽乎其言则犁然。而当理考乎其从游之徒,则践规蹈矩,仪型乡国。盖先王之教泽,得以仅仅不斩。顽夫有所忌,而发其廉耻者,未始非诸先生讲学,与群从附和之力也。《诗》曰:"风雨如晦,鸡鸣不已。"诚珍之也!今之世,自乡试、礼部试举主而外,无复所谓师者。间有一二高才之士,钩稽故训④,动称汉京,闻老成倡为义理之学者,则骂讥唾侮。后生欲从事于此,进无师友之援,退犯万众之嘲,亦遂却焉。

　　吾乡善化唐先生,三十而志洛闽之学。特立独行,诟讥⑤而不悔。岁庚子，以方伯内召为太常卿。吾党之士三数人者，日就而考德问业。虽以国藩之不才，亦且为义理所薰蒸，而确然知大闲之不可逾。未知于古之求益者何如？然以视夫世之貌敬举主与厌薄老成，而沾沾一得自矜者，吾知免矣。

丙午二月，先生致仕得请，将归老于湖湘之间。故作《师说》一首，以识年来向道之由，且以告吾乡之人：苟有志于强立，未有不严于事长之礼，而可以成德者也。

注释：

①俦（chòu）：同辈，伴侣。

②抠衣趋隅：抠，提；隅，角落。提起衣襟，走向角落坐下。指见到尊长时应有的礼貌。

③洙泗：指洙水和泗水。春秋时属鲁国地。孔子在洙泗之间聚徒讲学。

④钩稽故训：钩稽，考查、核算。故训，古训、先代留下的法则。此处意为考查先代留下的法则。

⑤诟讥：诟骂、讥讽。

郭璧斋先生六十寿序

庄子曰："木以不材自全，雁以材自保。我其处材不材之间乎？"旨哉斯言！可以寿世矣。虽然，抑有未尽也。此其中有天焉。魁岸之材，有深自韬匿①者，去健羡，识止足，天乃使之驰驱后先，殚精竭力而不能自怡；有锐意进取者，天或反厄之，使之蓄其光采，以昌其后而永其年。迹似厄之，实则厚之。材，钧也，或显而吝，或晦而光，非人所能自处也，天也。

我年伯璧斋先生，天之处之殆厚矣哉！先生少读书，有大志。既冠，补博士弟子员，旋以优等食饩。屡踬场屋，贡入成均。试京兆，仍绌。权当阳校官数月，儒术济济，翕然景从。其居乡也，外和而中直，不恶而人畏之。优伶杂剧，至不敢入境。谚曰："桃李无言，下自成蹊。"直其表而影曲者，吾未之闻也。先生孝友可以施于政，尊行可以加人。课徒而得，与校而士慕附。处于乡而不肖知劝。此天予以有用之材也。使得所藉手，舞长袖而回旋，其展布当何如？顾乃踬蹬棘闱，连不得志。前岁乙未，恭遇覃恩，臣僚得荣其亲。维时先生之冢嗣观亭前辈，既由翰林官西曹，两世封赠如例。而先生犹以有事秋试，迁延不得请。于是先生橐笔②乡闱，十余役矣。从游之士，得其口讲指画，或皆扶摇直上。而观亭前辈昆仲，皆得庭训，而翔步词林，后先辉映。独先生黜抑良久，曾不一骋骐骥不足，固可解乎？夫以先生之德之能，于科名何与轻重？其达观内外，何尝不睨青紫如糠枇？然终不自画，诚欲有所白于时。而又恶夫庸庸者，一蹶而不复振，乃借恬退之名，以文陋而售其巧，故思有以厉之耳。以志则如彼，以遇则如此，此岂尽有司之咎哉？盖所谓天也。天者，可知而不可知，无可据而自有权衡。昆山之玉，邓林之大木。生非不材也。贡之廊庙，非不贵也。凿之、琢之、寻斧纵之，剖其璞，伤其本，向之润泽而轮囷者，荡然无馀。天欲厚之，则不如韫于石而光愈远；丛之丰草之中而荫愈广，而枝愈蕃。向使先生假鸿渐之羽，激昂云路，扬厉中外，讵③不快于志而裨益④于时。而所发既宏，所积渐薄。天与于前，或靳于后。精神有时而竭，福荫有时而单，是亦琢玉斫木之说也。谓能优游林泉，颐神弥性，如今日也乎？谓能泽流似续，光大门阀，如今日也乎？

  本年某月，先生六十寿辰。次嗣君雨山，与余为同年友，谬相知爱。将称觞介寿，嘱余以言侑爵。吾闻君子之事亲也，可以无所不至。独称其亲之善，则不敢溢词以邻于诬。君子之于友也，可以无所不至，道扬世德，则不敢虚述以近于谩。余悉先生嘉言笃行稔矣。今欲敷陈盛美，颂祷庞祺，深惧其谀也，故不具论。第论天之生材，此丰彼啬，大有权衡。以征先生所以延年受祉之由，亦使观亭前辈昆仲知今日之蜚声腾实，其郁积者有自非一朝一夕之故也。钦念哉！钦念哉！小子窃禄于朝，盖吾父之溷迹⑤名场，撼顿不得伸，亦有年矣。持是以思，则先生之缉熙纯嘏，天之厚之，正未有艾耳。质之先生，或以斯言为不谬耶？

注释：

①韬匿：隐藏，不为人知的。

②橐笔：指文士的笔墨耕耘。

③讵：岂，怎。

④裨益：好处。

⑤溷迹：亦作"混迹"。意为肮脏的脚印。

《纪氏嘉言》序

　　士之修德砥行，求安于心而已。无欲而为善，无畏而不为善者，此圣贤之徒，中有所得而不惑者也。自中智以下，不自能完其性之分，大抵不劝不趋，不惩不改。圣人者，因而导之以祸福之故，如此则吉；不如此则凶咎。使贤者由勉以几安，愚者惧罚而寡罪。故《易》称"馀庆"、"馀殃"，《书》戒惠逆影响。先王所以利民，其术至已。

　　自秦氏以力征得天下，踵其后者，率小役大，弱饲强。强横之气充塞，而圣哲与奸宄①同流转于气数之中，或且理不胜气。善者不必福，而不善者不必抵于祸。于是浮屠氏者，乃乘其间而为轮回因果之说。其说，虽积恶之人，立悔则有莫大之善。其不悛②者，虽死而有莫酷之刑。民乐忏悔之易，而痛其不经见之惨虐，故惧而改行十四五焉。今夫水无不下也，而趵突泉激而上升；火无不然也，而盐井遇物不焚，烛至则灭；彼其变也。戾气感而祥降，顺气感而灾生，亦其变也。君子之言福善祸淫，犹称水下火然也，道其常者而已。常者既立，虽有百变，不足以穷吾之说。是故从乎天下之通理言之，则吾儒之言不敝而浮屠为妄。从乎后世之事变、人心言之，则浮屠警世之功与吾儒略同，亦未可厚贬，而概以不然屏之者也。

　　河间纪文达公博览强识，百家之书，靡不辨其原而究其归。所著《阅微草堂笔记》③五种，考献征文，搜神志怪，众态毕具。其大旨归于劝善惩恶，崇中国圣人流传之至论，亦不废佛氏之说。取愚民易入者，委曲剖析，以耸其听。海以内几家置一编矣。宛平徐春泉大令好之尤笃④，择其弥精而足以警世者，别录一帙，名曰《纪氏嘉言》。其无关于劝惩者，则皆阑而不入。梓人毕役，以授国藩读焉，世风日漓，无欲而为善，无畏而不为不善者，不可得已。苟有术焉，可以驱民于淳朴而稍遏⑤其无等之欲，岂非士大夫有世教之责者事哉？今余盗食天禄，曾不能丝毫补救于斯世斯民，观徐君之汲汲于此，其使余增愧也。

注释：

①奸宄：亦作"奸轨"，指违法作乱的事情。

②悛（quān）：悔改。

③《阅微草堂笔记》：是清代著名学者纪昀在流放乌鲁木齐期间所作的笔记小说集，全书意在劝善惩恶。

④笃：专一，认真，深厚。

⑤遏：阻止，制止。

金殿珊先生六十寿序

往余读韩退之《符读书城南》诗，私怪彼不以圣贤之道教子，而诱之以公卿禄位，何其陋也！既伏思之，古今之所以设科取士，何为也哉？岂不欲得明先生忠孝之道而力行之者，与之共天位乎？道莫备于群经，故汉唐重明经之选。而明及我朝，皆以经义试士，操其文以券其行，庶几忠孝之彦之或出乎此。是上之人法固未尝不良，而意固未尝不美。即为人父母者，冀其子以文行上达于朝廷，斯亦天理人情之至。然则退之之志，其亦未可深讥矣。

世衰而俗敝，应举者不揆君公求士之本义，苟以猎取浮荣。少壮而违父母之养，穷老而不归。眈眈①于王畿②势要之场。未仕则发愤忘家，既仕则迎妻子与共安乐。而父母以衰晚之年，与子妇幼孙旷隔，音书阔疏。享封诰③之虚名，受枯寂寒饥之实祸。虽疾病厄苦，不忍告闻，以恐其子。而为子者冥然不以介怀，方藉口于赵苞贼母、温峤绝裾之义。夫彼既恝④弃其亲，尚何有于君国？本先拔矣，国家亦安贵此丧失良知之人，而岁举数千百辈以糜无穷之禄糈⑤哉？故吾尝曰："朝廷以忠孝求士未为失，而士之应之大相悖也。父母以仕宦望子未为失，而子之于亲大相悖也。噫！此岂细故也哉！"

吾乡金殿珊先生官翰林十载，宦况绝迫隘，力贫节用，岁寄少资，以佐甘旨。既奉父讳，哀毁灭性。服阕矣，依母徐太恭人，不复欲仕。久之，嗣君可亭侍讲举于乡，徐太恭人强先生携子北上，乃襆被独行，留贤配杨恭人养姑维谨。道光戊戌，可亭以第二人及第。先生曰："儿辈幸有立，吾亲老矣。"即告养归，与其第承欢左右，晷刻不离。于戏！先生其可谓无负朝廷之求，无忝父母之所期者矣。岁丁未，为先生六十寿辰。先岁，可亭以陕甘学使任满受代，乃书告国藩曰："仆将以瓜代之际，乞假省亲。幸蒙天子锡类之恩，得捧诰轴归献堂上。吾父母诞辰洗爵上寿，子若叙述吾意，使吾亲欢娱而心爵，觊莫大焉！"又别纸述先生官侍御，直声震世。家居训课生徒，周恤族党。恭人歉岁购婢赈穷，丰岁择配遣之诸善行甚悉。余都不具论，独著其拳拳爱亲之意，俾可亭守此而不失；使吾乡后进应举之士，知舍此则悖乎朝廷之本义，虽得之不足为荣，庶以救末俗之偷。而国藩守官八年，不克归侍晨昏，又以志余之抱惭，而不能自克也。先生及恭人闻之，倘肯为尽一觞乎？

注释：

①眈眈：形容注视的样子。

②畿（jī）：古代靠近国都的地方。

③封诰：明清帝王对五品以上官员及其先代和妻室授予封典的诰命。

④恝（jiá）：无动于衷，淡然。

⑤禄糈（lù xǔ）：官俸。

送江小帆同年视学湖北序

今天下郡县牧民之吏，大抵以刑强齐之耳。任蚩蚩①者自为啄息喜怒，一不顾问。至其犯法，小者桎梏，大者弃市，豪强者漏网，弱者糜烂。苟以掩耳目而止。原国家所以立法之意，岂尔尔哉！盖亦欲守土者，日教民以孝悌仁义之经，不率而后刑之。其率教而有文者，则以进于学使者而登之庠序②。既登之矣，则以授于校官而常饬③之。故古者饮射读法，在今日则守令之职。而今之学政也者，不过因文艺以别群士之优劣，因士之优劣以知守令教民之勤惰。故巡抚者，天子所使以察守土者养民之善与否也；学政者，天子所使，以察守土者教民之善与否也。

承平既久，法意浸失。郡县有司，不知三物为何事，而教民之任，独以责之学政与校官。而所谓校官者，类多衰疾晚暮之徒。其禄不足自赡，往往与学宫弟子争锥刀之末；不特不克助宣教化，或转饰言以蔽学政之耳目。彼学政者，孤悬客寄于一行省之中，守土者皆貌敬而神拒之。日竞精于文字而角机智于千百诡弊之场，而欲以余力教民以仁义孝弟之经，其不亦难矣哉！

然则如之何而可，弊之除也，先其甚者；利之兴也，先其易者；其可矣。自功利之说中于膏肓，学者求速化之方，束发而弊精于制艺，穷老而不休；《六经》至不能举其篇目，何有于他书？今欲稍返积习，莫若使之姑置制艺而从事经史，奖一二博通之士，以讽其馀。于覆名扃试④之外，别求旁搜广采之术。凡郡县莫不有书院，大率廪给其才者，而绌其不能者。名曰"膏火"，所以济学校之不及也。学政下车之始，则牒各县令曰："明年吾视某县学，当以某经试士能背诵否？某史试士能言否？其为我播告偏隅，咸使知之！"牒⑤校官曰："吾按临之始，每县当选诸生廿人说书，有不至，惟汝罚！"及其按郡，招诸生来前，果使背诵某经，说某史某卷。大指能诵说者，予以书院之廪资。尤能者倍之、三之；尤能者，牒送省会之书院，亦倍其廪资。其不能者，廪生削其饩，附生惩辱之。每县试以三、四人，则余者惧矣。自《六经》外，如《史》、《汉》、《庄》、《骚》、《说文》、《水经》、《文选》，宋五子及杜、韩、欧、苏、曾、王专集之属，每县使习一部焉。岁试使习者，科试则易之。覆名试以制艺，以彰朝廷之公令；面试说书，以鸣使者之私好。二者并行而不悖。皆善矣，则拔而贡之成均。使彼邦之人晓然知吾好博通之才，庶几由文以溯本，举一以劝百。然后孝悌仁义之教可以渐而兴也。乘传所经之地，有书院焉。则入而诏诸生以大义。彼邦有缙绅多闻者，则礼而荐之为郡县书院之长。于是其亦可以树之风声矣。

同年友江君小帆之视湖北学也，所以讲求职思者甚备。余乃别思一搜采之术，无启弊之窦而有补教之旌者，于是以戋戋之说进焉。

注释：

①蚩蚩：无知的样子。

②庠序：指古代的地方学校，也泛指学校或教育事业。

③饬（chì）：整顿，使整齐。

④扃试（jiōng shì）：科举时考生各闭一室应答试题。

⑤牒：本意为文件，证件。此处意为考生的试卷。

君子慎独①论

　　尝谓独也者，君子与小人共焉者也。小人以其为独而生一念之妄，积妄生肆，而欺人之事成。君子懔其为独而生一念之诚，积诚为慎，而自慊之功密。其间离合几微之端，可得而论矣。

　　盖《大学》自格致②以后，前言往行，既资其扩充；日用细故，亦深其阅历。心之际乎事者，已能剖析乎公私；心之丽于理者，又足精研其得失。则夫善之当为，不善之宜去，早画然其灼见③矣。而彼小人者，乃不能实其所见，而行其所知。于是一善当前，幸人之莫我察也，则趋焉而不决。一不善当前，幸人之莫或伺也，则去之而不力。幽独之中，情伪斯出，所谓欺也。惟夫君子者，惧一善之不力，则冥冥者有堕行。一不善之不去，则涓涓者无已时。屋漏④而懔如帝天，方寸⑤而坚如金石。独知之地，慎之又慎。此圣经之要领，而后贤所切究者也。

　　自世儒以格致为外求，而专力于知善知恶，则慎独之旨晦。自世儒以独体为内照，而反昧乎即事即理，则慎独之旨愈晦。要之，明宜先乎诚，非格致则慎亦失当。心必丽于实，非事物则独将失守。此入德之方，不可不辨者也。

注释：

①君子慎独：出自《礼记·大学》："诚于中，形于外，故君子必慎其独也。"旨在告诫世人：君子与小人成于一念之差。

②格致：格，推究探讨。格致，指的是通过研究外界事物，参与实践而获得认知。

③灼见：明白透彻的见解，看清楚。

④屋漏：是古代室内西北隅摆放神龛之处的称谓。

⑤方寸：即心。

原才①

  风俗之厚薄奚自乎？自乎一、二人之心之所向而已。民之生，庸弱者，戢戢②皆是也。有一、二贤且智者，则众人君之而受命焉，尤智者所君尤众焉。此一、二人者之心向义，则众人与之赴义；一、二人者之心向利，则众人与之赴利。众人所趋，势之所归，虽有大力，莫之敢逆。故曰："挠万物者莫疾乎风。"风俗之于人之心，始乎微，而终乎不可御者也。

  先王之治天下，使贤者皆当路在势，其风民也皆以义，故道一而俗同。世教既衰，所谓一、二人者，不尽在位，彼其心之所向，势不能不腾为口说，而播为声气。而众人者，势不能不听命，而蒸为习尚。于是乎徒党蔚③起，而一时之人才出焉。有以仁义倡者，其徒党亦死仁义而不顾；有以功利倡者，其徒党亦死功利而不返。水流湿，火就燥，无感不雠④，所从来久矣。今之君子之在势者，辄曰："天下无才。"彼自尸于高明之地，不克以己之所向，转移习俗，而陶铸一世之人。而翻谢曰："无才。"谓之不诬，可乎？否也。十室之邑，有好义之士。其智足以移十人者，必能拔十人中之尤者而材之。其智足以移百人者，必能拔百人中之尤者而材之。

  然则转移习俗而陶铸一世之人。非特处高明之地者然也。凡一命以上，皆与有责焉者也。有国家者，得吾说而存之，则将慎择与共天位之人；士大夫得吾说而存之，则将惴惴⑤乎谨其心之所向，恐一不当，而坏风俗，而贼人才。循是为之，数十年之后，万有一收其效者乎，非所逆睹已。

注释：

①原才：原，探究之意。此处意为谈论人才的问题。
②戢戢（jí jí）：表示顺从的样子。
③蔚：茂盛，汇聚，盛大。
④雠（chóu）：同等。
⑤惴惴：恐惧不安的样子。

黄矩卿师之父母寿序

　　国家岁值大庆，必推恩群下，褒①及所生。而吾师昆明少司马黄公，以乙巳覃恩②，得封我太公通奉大夫，太母太夫人。越二年，丁未，太公寿八十，太母亦七十有四。是岁春初，天子以海内清晏，太和翔洽，必有人瑞以润色休嘉。诏问一、二品大臣，有亲年八十以上者，有司以闻。于是协揆潍县陈公、司马江宁何公、仓玢侍郎新城陈公之母，司空滨州杜公之父及吾师之父母，并以遐龄，上彻天听，赉劳有差。其三月，为太公揽揆之辰，黄公称觞京邸，以扬家庆，而铭君恩。门下士相与言曰："陈、何诸公仅有母，杜公仅有父，因其所庆或觞所恤。独吾师以名儒位九列，而二亲大年，宾敬不衰。计德度祉，当世无双。吾辈宜以文纪其盛，且遥致私忱于太公，若鞠跽奉觯③者。"乃以诿国藩。国藩伏思：自宋景濂以寿文入集，厥后踵为之者，大抵甄叙行能，终以谀颂。虽以归有光、方苞之博通，不能洗此陋习。夫无故而叙述人之生平事迹，与无故而贡人以誉，二者皆达于文者之所讥也。惟因事而致其敬，相与为辞，以示不忘，则古多有之。其为辞也，贵约而韵，质而不蔓，君子尚焉。吾师自总角以逮服官，壹秉庭训。其初入学，则督之以讨源之功，先本而后华。及视学四川，无日不面戒之：弊孔之难塞，士之十拔而虞一失。官京朝，无时不寓书而申儆之：富贵之靡常，职思之不可须臾陨。故吾师仕卿贰而不骄，年五十而恂恂有弟子之色，未始非庭闱警敕④之所致也。今太公太母岿然为天下大老，亲见其子为圣主所毗，道德文章，冠冕人伦，其娱乐盖可度而知。而吾辈出门下者，独撫其教子之大节为之祝词，以托于因事致敬之义。此固吾师所深愿，谅亦太公所许而不甚斁者已。于是及门各献祝辞，而国藩为之唱，且为序之。诗曰：

我皇膺⑤运,膏流滂溥。诞降醇耆,庞眉俁俁。实育公孤,陈何与杜。维我黄公,有恃有怙。怙也园绮,恃则孟桓,帝褒厥德,天露有溥。春回南诏,日永长安,仙酝三爵,僚采同欢!

注释:

①褒:赞扬,夸奖。

②覃恩:覃读"tán",深广、延长。恩,好处,深厚的友谊。此处意为广施恩泽。

③斝(jiǎ):古代青铜制的酒器。圆口、三足。

④警敕:警戒。

⑤膺:接受,承担。

文小南之父七十生日寿诗序

　　道光二十有七年五月上旬，为衡山荻堂文先生七十生日。嗣君小南以农部入赞枢垣，先二岁，迎养京师。至期将觞宾于邸第①，以博堂上一日之欢。于是乡之人官辇下者，各为诗篇以致颂祷。奚斯歌鲁，麦邱献齐。幼之祝长与下之祝上，其谊一也。既成册，以授国藩而嘱序焉。

　　窃尝维人之所以久视于世，大端有二：一者所践甚厚，居能移气，传所称"取精多，用物宏"，亦自足延历岁年，彼得之夭焉者也。一者履孝蹈友，至行纯备，其精力不使敝于亡等之欲；其惠气所迓②，亦自以贞于永久。此古守身之君子所从事者也。外是二者，则滔滔凡民，天下皆是。贸焉以生，憒③焉以长，积日既多，亦不得不谓之修龄。要之，无讥焉耳。

　　先生总角孤露，公私赤立。非自营不得晏食，非自愤不得就学。其所践之不厚，而不克一日为贸焉。以生之凡民，亦可知矣。先生茹艰渍苦，痛绳④于学。奉母之教，事有命虽大不濡，过有敕虽细不贰。既而饩于学官。贡于成均。母王太宜人每告人曰："吾寡居四十年，所堪报地下者，有子克家耳。"方赠君琴台翁之弃养，先生甫四岁，有弟二龄耳。先生既绩学发名，而弟郁悒不得伸，又以脱略损资产。及其逝也，先生尽偿其责，恤其嫠，而再以己子嗣焉。由此观之，所谓履孝蹈友，至行纯备者非耶？《洪范》曰："不协于极，不罹于咎。皇则受之，曰：予攸好德，女则锡之福。"如先生之孝友淳备，岂直不协吉，不罹咎之谓哉？殆所称好德而宜锡以福者矣。然则先生迪嘉离祉，而小南之食报无涯，又何疑哉？国藩固亦凡民之贸焉生，憒焉长者。因缘际遇，忽不自知所践之已厚。尘埃扰扰，敝精从欲；每睹先生之容，未尝不内恧而兴企也。故于乡人之为祝诗，辄为推明致此之由，又以卜方来享年之未有届，为序其略如此，亦别为诗以附于后。诗曰：

昔我妇翁，衡之欧阳。屡道先生，宜表宜坊。我来日下，实交哲嗣。修谒长者，渊乎玉粹。强圉⑤之岁，星焕南弧，下烛兰帜，朗映中枢。大斗分颁，众宾醉止。各摛祝辞，用介繁祉。

注释：

①邸第：达官贵族的府邸。

②迓：迎接。

③懵：无知，欺骗。

④绳：继续。

⑤强圉：圉读"yǔ"。此处意为强壮有力。

曹颖生侍御之继母七十寿序

往余读《后汉书·列女传》，窃怪范氏自夸体大思精，而不达于修史之义。盖司马氏创立纪传，以为天地之所以不敝者，独赖有伟人焉，以经纬之。故备载圣君贤相、瑰智玮材。谓若而人者，皆以伦次乾坤，法戒来叶。而范氏乃取数女子厕其间，于经世之旨何与焉？且其所载，如桓孟之流，皆门内庸行，无绝特可惊之迹，抑又不足述。私蓄此疑久矣。既而思之，天下者，合亿万家以成天下者也。一家之中，男职外，女职内，其轻重略相等。而女子所处，往往有艰难迫隘①，处之曲当。即日用饮食之恒，虽神圣当之，不能越乎其轨。然则妇女有可称述，固不宜听其幽隐而不彰。则范氏立篇之意，诚亦不为无见也。

同年友曹颖生侍御之继母李太恭人，未笄②而归赠公禹川先生。归五年而寡处。赠公之仕江西，旅囊如洒。其殁也，赍负如山。太恭人尽彻服御，壹偿宿逋。既归梓，堂上老姑年八十矣。欲以夫丧入告，则重伤姑心，乃诡称迁官远郡。外则箴悦侍姑，内则椎胸茹痛。其视侍御兄弟，戒敕而违严，逾所生者倍焉；愿望而慰喜，逾自得者倍焉。侍御为词臣，无日不厉以本原之学。官谏垣，巡视輂毂③，无日不申儆之以君恩之不易，案牍④之不可以漫虑。因藩尝即是求之，岂所谓门内庸行无绝特可惊者耶？抑艰难迫隘，处之曲当，神圣不能越其轨者邪？今年春，为太恭人六十生日。乡之后进、年家之子，相与作为祝诗以致祈祷，而命国藩序其端。

世称诵女史，好道其奇特者，或有刲臂徇身之事，骇人听睹。而苦节之妇，贞持数十年。冰蘖⑤百端，兢兢细务，反不得与彼激烈者速一日之声誉。参观并论，久暂难易，较然可辨。自范氏创立女传，厥后，晋魏诸史皆踵为之。率以奇特相胜，苟以新耳目而止。而门内庸行，恭俭劬苦，反或置而不道。使高者慕义而过激，常者无称而不知劝。而后知范氏之识犹有见于古圣人正家之大原，而未可深为讥议也。余既承同人之属，为叙述其有厓略，而因以明夫至庸至难之道，不事畸异，为修史传列女者训焉。

注释：

①迫隘：狭窄，狭小。

②笄：古代的一种簪子，用来插住挽起的头发。

③辇毂：帝王的车驾。后引申为京都、帝都。

④案牍：公文。

⑤冰蘖：喻苦寒而有操守。

《钱港舣先生制艺》序

  自吾有知识以来,见乡之老成夙学,笃于文律者,恒困顿无以自拔,或终身不得当于行省有司之试。而其所教之子若弟,往往分沾馀技,飞腾速化以去。及吾来京师,究询四方魁桀特达之士,其先世多亦不遇。始谓不閟①为亨,不诎不信,理则然矣。既深求其故,抑匪直尔也。制艺试士既久,陈篇旧句,盗袭相仍。有司者无以发覆而钩奇,则巧为命题以困之。乖割乎经文,瓠析乎片语。由是为文者,有钩联之法,有补斡之方,有仰逼俯侵之患。名目既繁,科条日密,虽过百人之智,穷十年之力,犹不能洞悉其窾郤②,及其彻于心而调于手,而齿已日长,少时英光锐气,稍稍衰减矣。而子若弟之濡染焉者,自其未冠,已别开简易于纤仄③曲径之中,使其才得以自骋。故前者难而因者易,势固为之也。

  予与乌程钱君仑仙同举进士,同出江阴季公之门。官词曹也,同居于僧舍;使蜀中也,先后同持文柄④。间出其尊甫港舣先生遗稿示予。又知两家庭训,所历之艰苦曲折,同者十得八九,而不合者盖寡焉。予之蒙陋⑤,于家大人之学,百不承一。即仑仙文鸣一时,视先生之孤诣罩思,要亦不无少逊焉。故叙先生之文,而发其例于此,庶使有衡文之责者,知所措意也夫。

注释:

①閟(bì):掩蔽。

②窾郤(kuǎn xì):窾,控制。郤,缝隙。

③纤仄:亦作"纤侧"。谓文辞取巧,文风不正。

④文柄:考选文士用的权柄。

⑤蒙陋:蒙昧浅陋。

曹西垣同年之父母寿序

予自道光乙未，以公车应礼部征，即与同年友曹君西垣相善。时则有若郑君敦谨、邹君振杰、金君树荣、王君永时、邓君庭楠数辈，皆朝夕聚处，醉饱欢虞，意气丰盛。明年，各报罢归去。又二年戊戌，予成进士，假归一载而后还朝。西垣亦再返再上，不常处京师。然予与西垣未尝匝岁[①]而不相遇。在京师未尝五日而不见。见未尝不深语，未尝偶有射志也。夫人情多溺于所同，而蔽其所不见。与野人道岩廊缨绂[②]，则茫然而骇；与世禄之子语米盐艰苦之事，则倦听而思卧。予与西垣，皆贫士也。自先世忠厚之积，田家耕织之劬，闾里岁时问遣之状，两家大率相类。故常抵掌称道，弥琐细而弥津津焉。

西垣之称其亲霁楼先生也，以为勤无隙休，俭无毛弃。推让昆弟，却肥而取瘠；教督孙子，多苛而少贳[③]。称其母柳太孺人也，以为奉事舅姑，勺水必亲尝；鞠育五子，寸缕必手制。皆与吾父母之行，若合符契。以是西垣于诸同年中尤昵好矣。窃尝慨夫世之驰逐于名位者，营营焉而未有已时。予壹不知其指归谓何？方寸之口，一日之需无几；七尺之躯，一岁之縻无几，不必名位而后能给也。而人皆曰："为荣亲计。"夫亲之所赖于子者，定省甘旨[④]，疾痛苛痒，请席请衽，亦不必名位而后能给也。求而不得，远游迟滞，而父母之年加老焉。至于衰耄[⑤]，而心思一见其子而口不言者，往往然也，人坐不察耳。国藩窃禄冒利，去家十年。即西垣羁留京辇，亦越七载于兹。此又吾两人所每怀内疚，而未敢须臾忘者也。岁在戊申，西垣以教习宗室子弟期满，天子用为县令，将归觐其亲。适直先生及太孺人六十寿辰，同年郑、邹诸君咸为诗赠送，而嘱国藩序之。予乃追溯夫历年之交契，因概论事亲之道，在此不在彼者，以勖西垣安居而弗出，而志予

之愧焉。霁楼先生及柳太孺人闻之,其将陶然而尽一觞也夫!

注释:

①匝岁:满一年。

②缨绂(yīng fú):冠带与印绶,亦指官位。

③贳:放纵,赦免。

④甘旨:指对双亲的奉养。

⑤衰髦:斑白的双鬓。

王静庵同年之母七十寿序

国藩尝读《孝经》，窃叹仲尼所称之孝，与今之为人子者之从事，则不侔①矣。其言自天子以至庶人，其为道各不同。盖古者诸侯世国，大夫世家，士之子恒为士，农之子恒为农。贵有常尊，贱有定等。是以人各安其分而事其亲，而无敢妄干。后世以制科爵人，或布衣旦暮而至公卿。于是人子咸思以禄仕尊其亲，而父母亦惟恐其子终身庶人，而亟望其进取。徼幸躁竞②之徒，皆得借口于荣亲之说。此今之言孝，与古之道异者一矣。《经》又曰："立身行道，显名于后世。"古之所谓名者，有孝悌之实，达乎州巷，播乎上下，称其内行，无亏焉尔。后世轻德术而右文艺，虽有曾、闵之行，不敌帖括③之工之驰誉速也。一艺之能，一文之善，至薄也，而国人称愿，父母亦嘉许焉。否则闻誉不著，父母不忻。此今之言孝与古之道异者二矣。居今之日，而悖俗从古，不藉禄与名而悦其亲者，虽贤者有所不能。贤者之异于众人，独能于禄与名之外，别敦古人之至行，以自力于门以内而已。

同年友王君静庵，惇朴而愿懿④，自其少时，闻望已倾辈流。既成进士，官水曹。所谓禄与名亦既兼得，而其内行，肫焉常若不足。奉母杨太宜人在官，夙问而暮勤，言警而行惕。每食，母以将子，子以慈母，未尝不展转温勋；每寝，未尝不再三周察。为予称太宜人之德，自相夫教子，以及娣姒、仆婢、瀚濯、刀匕之微，未尝纤末而不述。言及赠君东堂先生之遗事，未尝不呜噎。语太宜人少岁饥寒龟勉⑤之状，未尝不茹喟无穷也！余以是敬之。处今之世，竞逐于声利之场，而其所事壹合乎《孝经》之道，固吾静庵之自厉乎？抑太宜人之敕于子而施于家者，有以轶乎恒俗万万矣。今岁十一月，为太宜人七十生日。同人多为祝诗，嘱国藩叙其端。余以素钦静庵之至行，不敢以末议陈长者之前。因概论夫古今言孝之变，以勖静

庵，亦以自策于隐微焉。

注释：

①不侔：侔读"mòu"。不相等，不相同。

②躁竞：急于进取而争竞。

③帖括：泛指科举考试的文章，明清时亦指八股文。

④懿：美好（多指德行，与好有关）。

⑤黾勉：勉励，尽力。

孙鼎庵先生六十寿序

程子有言："科举之学，不患妨功，但患夺志。"盖学者之始业于制举之文也，未尝不稽经辨义，求肖于圣人之言，以得有司之一当。其志犹射者之在鹄，无恶于君子也。其后熏心仕宦，外以印绶厌其心目，内习一切苟得之术。犹挟寸饵以钓巨鱼，既得则并其纶竿①而弃之。曩时②稽经辨义之志，乃大为累累若若者之所夺。此先儒所用为慨然也！

通州孙鼎庵先生，阜学而绩文，其于《六经》之蕴，百氏精义之说，亦既轹其庭而据其席矣。乃屡应举而不售，十进于省试，五上于春官，仅而得偿，一似汲汲于科举者。及其既得，则绝意仕宦，去之唯恐浼焉。其所求者，正鹄反身之道；而所弃者，纷华溺心之场。是岂非志定不夺之君子，轶于末流万万者哉？人之意量相去，什佰千万，至不齐也。钧是试于科目也，或争荣一时，偷以攫取富贵；或谋虑深远，为积累无穷之计。各蓄所怀，若背驰焉。先生之先人自高祖以下，两世成名进士，官中外各有声。先生念非发愤特达，则无以趾前美而启后光。于是既自绳于学，复笃敕其子。先日出而兴，后鸡鸣而息。寝有诫，食有警。迨甲午岁与嗣君兰检学士同举于乡，而刻厉不改。既而学士官词曹，屡操文柄，门下士以百数，而先生犹不改。又数年，以甲辰得隽礼部，投绂归去，高卧林下，宜可少弛矣。而自绳以课孙者，卒帅初而不改。窥其意，以为不得有司者之甄采③，终无以验吾学之果成与否。而子弟少年桀骜之气，非绳之以帖括繁重之业，终无以内于程范，而上绍累叶诗书之泽。于此见先生之意量为何如？岂与夫寻常试于科目者比并，而论短长哉！

今年十月，为先生六十生日。同人各为祝诗，汇书成帙，嘱国藩序其端。余与学士同登乙科，又忝翰林后辈，幼承庭训，闻家大人之论，急于

科举而澹于仕宦者，又与先生之识趣相类。故摄其大者著于篇，冀以博长者之欢娱。若其刑于家而式于乡，醇德穆行④，所以昭令问而膺⑤多福者，杂见于同人诗歌中，非甚绪要，遂不及云。

注释：

①纶竿：钓竿。

②曩时：曩读"nǎng"。本意为往时，以前。

③甄采：鉴别采用，选择采用。

④醇德穆行：厚德美好。

⑤膺：讨伐，打击。

善化夏母杨宜人墓志铭

　　宜人，宁乡县学士杨君开梅之孙，处士应灼之女，善化貤赠奉直大夫夏君讳某之子妇，赠奉直大夫讳某之配也。宜人在家，则温恭孝恺①，偏获于亲，择所宜归，莫良夏氏。既归，事舅貤赠君及姑刘太宜人，逆志而筹之，未命而赴之。甘旨之调，不躬不进。赠君之前所配黄宜人者已早卒，仅遗一女。有兄与嫂亦卒，遗三子。赠君又仍岁多病，家无巨细，壹委宜人。宜人共洁祭祀，斟药礼医，裁赢补绌，公私井井。视前女如己女，不敢毫末替焉；视己子如从子，不敢毫末加焉。督诸子之学，日省而月稽。师塾之馈，丰②倍其室。就试于有司，出必戒，反必诘。其见录也，悦而不溢；其黜也，敕而不怨。以是诸子皆底于成。道光十七年，次子家泰举于乡。又三年庚子，长子家鼎举焉。又三年癸卯，季子家升继之。又二年乙巳，家泰登名于礼部，主政于吏部。值皇太后七十圣节，天子大孝锡类，遂得覃恩褒封两世。而家鼎亦以是年充景山官学教习。盖自赠君之殁，至是二十年，中间郡县行省之试获隽者，无岁无人；而婚嫁丧纪之役，亦荐至不绝。皆宜人一心营治，而亦以劳瘁甚矣。道光二十六年八月十九日以疾卒，春秋六十有八。即以其年十二月某日，葬于宁乡黄花塘凤形山之阳。有子男六人：长次即家鼎，家泰；又次家豫，太学生；又次家谦，早卒；又次即家升也；又次家赍出嗣从祖兄弟万程后。女二人：长适蒋，前卒；次适侯。孙男十二，降服孙二人，孙女八，曾孙女二人。宜人宽仁周挚，救困如焚。深达大义，不徇私爱。疾笃③，顾言曰："寄语鼎儿、泰儿，努力当官，无以家为念。"以二子时在京师也。将奔丧，以铭嘱国藩。越二年乃铭之，而追内诸幽。铭曰：

　　杞愘宾周，别氏维夏。承馥远牟，踵兴④达者。宛宛女宗，亦大其间。

迪将多子，并骋天衢⑤。诸孤遗经，廿年手泽。彩其群起，下报我特。报以吾职，不告实劳。职之靡负，厥伐斯高。镌于乐石，千世其牢。

注释：

①孝恺：恺读"kǎi"。本意为孝悌，孝敬。

②馈丰：丰富，盛大。

③疾笃：病势沉重。

④踵兴：相继兴起。

⑤天衢：衢读"qú"。本意指天空广阔，任意通行，如世之广衢。

江岷樵之父母寿序

　　道光二十有九年春正月，吾友江君岷樵以县令之官浙江。将行，告别于常所交知，其色若歉焉内疚。或问之曰："得百里而长之，以子之才，行子之志，天下之至裕也；吴越湖山，天下之至怡也。而子歉焉疚者，何也？"岷樵曰："古者学而入官，非以官学也。吾智术短浅，无以泽人，一负疚。吾父今岁年齿七十，吾母六十七矣。舍晨昏之养而从事簿书，其或不职，又诒①之羞，二负疚；抱此二者，吾奚以自克！"于是交知感其意，既以言赠别，又别为歌诗，致祝于封翁一峰先生与陈太孺人，愿长者眉寿无替，以慰荐游子孺慕之心。既编次成册，乃嘱国藩序其端。

　　盖先生之少，则贫乏甚矣。无田以为赖，乃授徒而内其执贽②之仪。口敝而手疲，昕③警而夕戒。终岁之入，以十之六仰事堂上，而中分其四，半以为俯畜之需，半以急乡里之义。举邑中立宾兴会，以赡寒士省试之资。行乡约以歼妖贼之反侧，皆先生发之。其赴义也，蹈人之所不敢为；而其自奉也，极世之所不能堪。太孺人承阙缉匦，壹秉夫志。或累岁食粥，而舅姑甘旨甚渥也。国藩与岷樵知好以来，为余称述者数数矣。人情莫不耽逸而恶劳，饕④富贵而羞贫贱。至学道之君子不然：或忍饥甘冻，窭于原颜，而其中坦然有以自愉；或峨冠曳绶，呵前卫后，而忧思展转，若旦夕不能自安者。彼各有其志也。南面而君一邑，息动而雷震，颐指而风行。仆从一怒，百姓重足。识者固当自惕，不当自熹。而浙水东西，自辛壬海上之役，创夷未复。有司者，又刮其脂而吮其血，譬若医者抚积瘵之人，有不蹙頞⑤而思所振之，岂情也哉？岷樵自被命以后，谘贤而访友，思其不逮而虞其堕职。惴惴焉内疚无已。此与先生之安贫自乐，其志趣同耶？否耶？吾闻岷樵之需次入京师也，先生嘱曰："吾不愿女以美官博封诰，无使百

姓唾骂吾夫妇足矣。"于此，见君子之教子，视世俗相去何如？而岷樵所以娱亲而养志者，宜何道之从哉？诸君子之为诗，依于古人戬穀难老之谊，所以祝祷先生与太孺人，至周且厚。余乃略述先生平日学道之意，以期岷樵之笃信而谨守，而因以博长者之欢娱。凡居官而言养亲者，览吾斯文，亦将有所兴起焉。

注释：

①诒：赠予，给予。

②贽：古代初次拜见尊长所送的礼物。

③昕：指黎明。

④饕（tāo）：贪财，贪食。

⑤蹙頞：皱缩鼻翼。

新宁县增修城垣记

　　道光二十有七年秋八月。袄人李世德、雷再浩,为乱于湖南之新宁。有司檄远近:有能擒贼,予白金五百两!于是吾友江忠源岷樵应募,部乡兵缚贼送官司。取所谓五百金者,归献堂上,为太公寿。太公曰:"长吏以赏罚驱民,矫①而不受,是堕上之信也;资人之力,而专其利,是刓②己之廉也。信堕无以驭众,廉刓无以立身。二者有一,将必不可。吾邑城垣倾圮久矣,若捐此金以兴修,官必嘉之,众必和之。众与而功易集,城完而民得安枕,此十世之勋也。"岷樵从太公言,乃归金于官而上其议。长宝道兵备使者杨公闻之。大悦,亦输助五百金。知宝庆府事某公,知新宁县事某公,各捐若干金以助役。邑之士夫钺③长,亦鼓舞输财,争先辇运。兵事之后,刻日兴工。人人如惊鸟之愿治其巢也。

　　大抵天下行省所隶,各有边区,与他省所隶相际,去会垣动以千里。往往万山丛薄,歧径百出。奸人亡命,啸聚其中,伺隙而为变。捕之此,则逃之彼,鸟鼠奔窜,不可穷诘。或攻破山城,据为窟穴。辄以号召叛徒,声生势长相望也。若郧阳际陕西、湖广之交,南赣际江西、福建之交,以前明原杰王守仁之才,经略数年,仅而得安。而南山老林际三省之交,嘉庆教匪之役,丧师縻饷,乃至不可胜计。新宁,亦山国也,实处湖南、广西之交。匪人煽结,卵育其间。瞰蕞尔之山城,而欲据而有之,屡屡矣。往在道光十六年,蓝正樽以一亡赖揭竿窃发,几欲堕城而杀守吏。曾不一纪,李世德、雷再浩踵而逆命。岂不以下邑孤远,城郭不完,有以诲盗而起乱萌哉?如又不从而修葺之,数岁以后,馀孽复兹,将思一逞于我。此垣墉之卑窳④者,可长恃之以为晏然乎?于是岷樵以二十八年二月举工。先治城之四门。有楼跂然而高,有阎俨然而坚。赤白焕然,而改其旧。遂

次第兴筑，雉高于前者几尺，培而厚者几尺。补缺垣若干丈，增睥睨⑤若干。都计土工几千几百，石工几千几百，金木之工几千，费钱几百万。以二十九年某月毕役。自是有可守之险，寇贼不敢规以为利矣。

岷樵之来京师也，嘱余叙其颠末，俾后之守土者，不时缮治，无苟毁成功云。

注释：

①矫：纠正，把弯曲的弄直。

②刓（wán）：坏，损坏。

③韱（jiān）：同"尖"，尖锐。

④卑瘀（bēi yǔ）：卑微恶劣。

⑤睥睨：眼睛斜着向右边看，形容傲慢的样子。

岁暮设奠告王考文

呜呼！维我王考，神驭徂①宾。赴音来止，今越五旬。嗟我王考，令德渊烁。体秉纯刚，内含贞淑。往在戌岁，小子南旋。扶依欢戏，左右盂盘②。亥年归朝，载违色笑。行履过差，辟咡无诏。十年京国，官系私牵。转蓬浮徙，莫傍本根。吾皇锡类，褒封父祖。志养则亏，虚荣奚补？三载寝疾，侍药不躬。遂沦慈照，允蹈鞠③凶。我父我母，潜焉在疚。小子虽顽，不惩罪悔。畴昔提耳，彝训④犹存。十堕一守，痛惧难论。岁将更始，时物迁变。敬荐庶羞，祗希侒见。尚飨！

注释：

①徂（cú）：送来，行，至。

②盂盘：曲折迂回。

③鞠：大，穷极。

④彝训：日常的训诫，或指尊长对后辈的教诲、训诫。

谢子湘文集序

呜呼！士生今世，欲有所撰述，以庶几古作者之义，岂不难哉？自束发受书，则有事举子帖括之业。有司者，割截圣人之经语，以试其能。偏全、虚实、断续、钩联之际，铢①有律，黍有程。而又杂试以诗赋、经义、策论。其为品目，固已不胜其繁矣。而一、二才桀之士，既挟群艺以应有司之求，又别进慕乎古之能文者，以降其兼胜无已之心。于是乎目欲并视，耳欲四听。敝②精而费日，终不能达于古人之庭者，比比而是也。古之为文者，其神专有所之。无有俗脱庞言，看其意趣，自有明以来，制艺家之治古文，往往取左氏、司马迁、班固、韩愈之书。绳③以举业之法，为之点，为之圆围，以赏异之。为之乙，为之鐵围以识别之；为之评注以显之。读者囿④于其中，不复知点围、评乙之外，别有所谓属文之法也者。虽勤剧一世，犹不能以自拔。故仆尝谓末世学古之士，一厄于试艺之繁多，再厄于俗本评点之书，此天下之公患也。将不然哉？将不然哉？

南丰谢君子湘，与余同岁举于乡，又同登于礼部。其群艺见采于有司者，固已趋绝于人人异。自君之生，予尝见闻而内敬之矣。既殁，而其弟出君所为古文示予，又知其志之可敬也。盖以流俗之堕⑤于所谓一再厄者，而以君之所得较之，其为逾越可胜量哉！于是为序而归之。因道其通患，以慨夫末世承学之难焉。

注释：

①铢：古代重量单位，二十四铢等于旧制一两。

②敝：破坏。

③绳：继续。

④囿：局限，被限制。

⑤堕：毁坏。

书王雁汀前辈《勃海图说》后

《书》孔氏疏云："尧时青州。当越海而有辽东。"杜氏《通典》云："青州之界，越海分辽东、乐浪、三韩之地，西抵辽水。"而胡氏渭曰："汉武所开乐浪、元菟二郡，乃古嵎夷之地。嵎夷，羲和所宅，朝鲜箕子所封。皆应在青州域内，不仅辽东而已。"据此数说，则禹时青州，逾海而兼营州之地。理若可信。齐召南氏所谓"势固自然"者也。前明辽东郡指挥使，隶于山东布政司。明初，辽东士子尚附山东乡试。厥后[1]，以渡海之艰，改附顺天。而辽东各州卫隶于山东，则终明之世不改。盖亦犹上古之青州，兼辖营州云尔。

我朝定宅燕京，与明代同，而辽左为陪都重地，则与前明之二州二十五卫，视同羁縻[2]者，轻重迥别。故勃海之襟带，旅顺之门户，视前世犹加慎焉。雁汀先生之意，欲于隍城、石岛之间，驻水师将领一员，登州、金州，南北兼巡。内以防盗匪之狙伏[3]，外以慑夷人之闯入，可谓谋虑老成，操之有要者已。道光二十九年，御史赵乐昕，建登州设立水师之议。宣宗成皇帝下其事，令兵部军机处会议。当事者以迹近更张，格而不行。国藩时承乏兵部，颇知旅顺要隘，宜别置严镇。而不知康熙年间有嵩祝请登州水师，巡哨金州、铁山之说。亦遂附和，未遑[4]他议。今观先生《图说》所载实录各条，知国家机务尤大者，列圣庙谟，皆已筹及之。苟能推行而变通，则收功不可纪极也。故述前说以互证，亦以志余不学之耻焉。

注释：

[1] 厥后：从那以后。

②羁縻（jī mí）：束缚，控制。

③狙伏：伏伺。

④遑：惊恐不安的样子。

养晦堂记

凡民有血气之性，则常翘然而思有以上人。恶卑而就高，恶贫而觊富，恶寂寂而思赫赫之名，此世人之恒情。而凡民之中有君子人者，率常终身幽默，暗然退藏。彼岂生与人异性？诚见乎其大，而知众人所争者不足深较也。

盖《论语》载，齐景公有马千驷，曾不得与首阳饿莩絜论短长矣。余尝即其说推之，自秦汉以来，迄于今日，达官贵人，何可胜数？当其高据势要，雍容进止①，自以为材智加人万万。及夫身没观之，彼与当日之厮役贱卒，污行贾竖，营营而生，草草而死者，无以异也。而其间又有功业文学猎取浮名者，自以为材智加人万万，及夫身没观之，彼与当日之厮役贱卒，污行贾竖，营营②而生，草草而死者，亦无以甚异也。然则今日之处高位而获浮名者，自谓辞晦而居显，泰然自处于高明。曾不知其与眼前之厮役贱卒，污行贾竖之营营者行将同归于澌尽③，而毫毛无以少异。岂不哀哉！

吾友刘君孟容，湛默而严恭，好道而寡欲。自其壮岁，则已泊然而外富贵矣。既而察物观变，又能外乎名誉。于是名其所居曰："养晦堂"，而以书抵国藩为之记。

昔周之末世，庄生闵天下之士湛于势利，汨④于毁誉，故为书戒人以暗默自藏，如所称董梧、宜僚、壶子之伦，三致意焉。而扬雄亦称："炎炎者灭，隆隆者绝。高明之家，鬼瞰其室⑤。"君子之道，自得于中，而外无所求。饥冻不足于事畜而无怨；举世不见是而无闷。自以为晦，天下之至光明也。若夫奔命于烜赫之途。一旦势尽意索，求如寻常穷约之人而不可得，乌睹所谓焜耀者哉？余为备陈所以，盖坚孟容之志，后之君子，亦观省焉！——道光三十年，岁在庚戌，冬十月。

注释:

①雍容进止:从容不迫地进退。

②营营:劳而不知休息,忙碌。

③澌尽:死亡。

④汨:沉没。

⑤鬼瞰其室:鬼神窥望显达富贵人家。

台洲墓表

呜呼！惟我先考先妣，既改葬于台洲之十三年，小子国藩，始克表于墓道。

先考府君讳麟书，号竹亭。平生劬劳于学，课徒传业者盖二十有馀年。国藩愚陋，自八岁侍府君于家塾，晨夕讲授，指画耳提，不达则再诏之，已而三复之；或携诸途，呼诸枕，重叩其所宿惑者，必通彻乃已。其视他学僮亦然。其后教诸少子亦然。尝曰："吾固钝拙，训告尔辈，钝者，不以为烦苦也。"府君既累困于学政之试，厥后挈①国藩以就试。父子徒步橐笔以干有司，又久不遇。至道光十二年，始得补县学生员。府君于是年四十有三，应小试者十七役矣。

吾曾氏由衡阳至湘乡，五六百载，曾无人与于科目秀才之列。至是乃若创获，何其难也。自国初徙湘乡，累世力农。至我王考星冈府君，乃大以不学为耻。讲求礼制，宾接文士，教督我考府君，穷年磨厉，期于有成。王考气象尊严，凛然难犯。其责府君也尤峻，往往稠人广坐，壮声诃斥；或有所不快于他人，亦痛绳长子。竟日嗃嗃②，诟③数愆④尤。间作激宕之辞，以为岂少我耶？举家耸惧，府君则起敬起孝，屏气负墙，踧踖徐进，愉色如初。王考暮年大病，痿痹瘖哑，起居造次，必依府君。暂离则不怡，有请则如响。然后知夙昔之备责府君，盖望之厚而爱之笃，特非众人所能喻耳。

咸丰二年，粤贼窜湘，攻围长沙。府君率乡人修治团练，戒子弟，讲阵法，习技击。未几，国藩奔母丧回籍，奉命督办湖南团练。明年，又奉命治舟师，援剿湖北。府君僻在穷乡，志存军国。初令季子国葆募勇讨贼，既又令三子国华，四子国荃，募勇北征鄂，东征豫章，粗有成效。而府君遽以咸丰七年二月四日弃养。阅一年，而国华殉难于三河。又四年而国葆

病没于金陵。朝廷褒恤，并予美谥。而国藩与国荃遂克复安庆、江宁两省。虽事有天幸，然亦赖先人之教，尽驱诸子执戈赴敌之所致也。

初，国藩以道光间官京师，恭遇覃恩，封王考暨府君皆为中宪大夫，祖妣暨先母皆为恭人。逮咸丰间，四遇覃恩，又得封赠，三代皆为光禄大夫，妣皆一品夫人。今上嗣位，四遇覃恩，又以战绩，兄弟谬膺封爵。于是曾祖府君儒胜，王考府君玉屏，暨府君皆封为大学士、两江总督、一等侯爵；曾祖妣氏彭，祖妣氏王，先妣氏江，仍封一品夫人。呜呼！叨荣至矣！

江太夫人为湘乡处士沛霖公女，来嫔曾门。事舅姑四十余年，饎爨⑤必躬，在视必恪，宾祭之仪，百方检饬。有子男五人，女四人。尺布寸缕，皆一手拮据。或以人众家贫为虑，太夫人曰："某业读，某业耕，某业工贾。吾劳于内，诸儿劳于外，岂忧贫哉？"每好作自强之言，亦或谐语以解劬苦。咸丰二年六月十二日疾卒，九月二十二日葬于下要里宅后。府君以七年闰五月初三日葬于周璧冲。至九年八月某日并改葬于台洲之猫面脑。府君有弟二人，仲曰上台，年二十有四而没。府君视病年馀，营治医药，旁皇达旦。季曰骥云，推甘让善，老而弥恭。无子，以国华为之嗣。后府君三年而没。女四人者，其二先卒，其二继逝。诸子今存者，惟国藩与国潢、国荃三人。诸孙七人，曾孙七人。于是略述梗概，以著先人懿德，垂荫无穷。而小子才薄能鲜，忝窃高位，兢兢焉惟不克负荷是惧云。

注释：

①挈：带，领。

②嚆嚆（hè hè）：严酷的样子。

③诘：曲折，不如意。

④愆：罪责，过失。

⑤饎爨（chì cuàn）：做饭，烹调。

《湖南文征》序

吾友湘潭罗君研生，以所编撰《湖南文征》百九十卷示余，而属为序其端。

国藩陋甚，齿又益衰，奚足以语文事！窃闻古之文，初无所谓法也。《易》、《书》、《诗》、《仪礼》、《春秋》诸经，其体势声色，曾无一字相袭。即周秦诸子亦各自成体，持此衡彼，画然若金石与卉木之不同类，是乌有所谓法者。后人本不能文，强取古人所选而摹拟之，于是有合有离，而法不法名焉。若其不俟[①]摹拟，人心各具自然之文，约有二端：曰理，曰情。二者人人之所固有。就吾所知之理而笔诸书而传诸世。称吾爱恶悲愉之情而缀辞以达之，若剖肺肝而陈简策。斯皆自然之文。性情敦厚者，类能为之。而浅深工拙[②]，则相去十百千万而未始有极。

自群经而外，百家著述，率有偏胜。以理胜者，多阐幽造极之语，而其弊或激宕失中；以情胜者，多悱恻感人之言，而其弊常丰缛而寡实[③]。自东汉至隋，文人秀士，大抵义不孤行，辞多俪语。即议大政，考大礼，亦每缀以排比之句，间以婀娜之声，历唐代而不改。虽韩、李锐志复古，而不能革举世骈体之风，此皆习于情韵者类也。宋兴既久，欧、苏、曾、王之徒，崇奉韩公，以为不迁之宗。适会其时，大儒迭起，相与上探邹鲁，研讨微言。群士慕效，类皆法韩氏之气体，以阐明性道。自元明至圣朝康雍之间，风会略同，非是不足与于斯文之末，此皆习于义理者类也。

乾隆以来，鸿生硕彦[④]，稍厌旧闻，别启途轨。远搜汉儒之学，因有所谓考据之文。一字之音训，一物之制度，辨论动至数千言。曩所称义理之文，淡远简朴者，或屏弃之，以为空疏不足道。此又习俗趋向之一变已。

湖南之为邦，北枕大江，南薄五岭，西接黔蜀，群苗所萃，盖亦山国

荒僻之亚。然周之末，屈原出于其间，《离骚》诸篇为后世言情韵者所祖。逮乎宋世，周子复生于斯，作《太极图说》、《通书》，为后世言义理者所祖。两贤者，皆前无师承，创立高文，上与《诗经》、《周易》同风，下而百代逸才举莫能越其范围。而况湖湘后进，沾被流风者乎？兹编所录，精于理者盖十之六，善言情者约十之四；而骈体亦颇有甄采⑤。不言法而法未始或紊。惟考据之文，搜集极少。前哲之倡导不宏，后世之欣慕亦寡。研生之学，稽《说文》以究达诂，笺《禹贡》以晰地志，固亦深明考据家之说。而论文但崇体要，不尚繁称博引，取其长而不溺其偏，其犹君子慎于择术之道欤！

注释：

①俟：依次。

②工拙：优劣。

③其弊常丰缛而寡实：空有华美辞藻堆砌，内容空泛。

④硕彦：指才智杰出的学者。

⑤甄采：鉴别采用，选择采用。

罗君伯宜墓志铭

君讳萱，字伯宜，湘潭罗氏，处士某某之孙，吾友候选内阁中书汝怀研生甫之子也。少而颖特旁通，饫闻庭训，多所开解。

咸丰四年，国藩自岳州逐贼东下，强挈君以俱东。是岁，克武昌，破田家镇，攻九江，舟师不利于湖口。明年，国藩至南昌，重立水军，进屯南康。视陆师于湖口，吊忠武公塔齐布于浔阳。君辗转相从，跬步①必偕。余或口占书疏，君辄操笔写录。或危急之际，君甘心同命，而外则美言相温，诸将或轻重不得，辄为之通怀，使各当其意以去。又明年，群寇环集江西，陷没五十余城，诸军多坏散。乃授卒三千人，令君领之赴敌。初战建昌，继攻抚州，即又会捣瑞州。君之躬临行阵，自此始也。

其后湖南援师四至，江西稍稍解严。君以久役，请急还湘。国藩亦以咸丰七年丁忧去职。君既暂脱兵间，则假馆以课学僮；制造诗词，以酬胜侣；作蝇头细字，以与古人校离合于豪芒；负箧②走场屋，以兢得失于有司；漠然若不知有世变者。未几，骆文忠公秉章檄办湘潭团练。刘总兵培元招至鼎沣，又招至衢州，与谋军事。君稍规大计，不肯久留。自浙西旋省余于安庆，又省其从兄逢元于当涂军次，亦不欲久居。会所亲黎福畴没于泾县，君遂护其丧及其孤嫠③以归。

同治二年，广东巡抚郭公嵩焘召君至粤，属以创立水师。君又逊谢而归。每归，从事文艺，与诸生比肩就秋试如初。久之，佐某君治威信军。又自领一队，曰威震军，防御粤贼，事定散去。盖自是君亦倦游，不复有意于兵事矣。

七年冬，记名按察使黄君润昌征苗贵州，要君偕行。君慨然曰："是足与有为，吾所敬也，吾不可以已。"八年正月至黔，师比有功，遂克镇

远、府卫两城。道员邓君子垣、提督荣君维善两军来会，迭克关寨，欲遂由施秉以达于黄平，气锐甚。师至小瓮谷垅，以道隘箐深，为贼所困。君与文武将弁十八人者皆死，三月二十二日也。呜呼！君之于戎事，亟就之，亟去之。天于君之勋名，若成之，若吝之。乃卒不得一当，而委骨于荒徼绝壑之中，果何为耶？儿所谓命焉者非耶？

事闻，谕旨照按察使阵亡例赐恤。赠太常寺卿衔，世袭云骑尉、恩骑尉罔替④。君幼有夙慧，二岁能识"风"、"蒚"两字。自真草法书，古文诗辞，以至科举之业，俱有义法。既入学，为优行生。从军累岁，叙功至同知直隶州，加知府衔。其论吏治军政，皆贯彻古谊而不戾于时。向使得守一官，统一军，与当世之成名者校，何渠不如邪？然终不得借手以一伸其志，此君子有陶铸人才之责者之咎，国藩所以内疚而尤惜之也。

铭曰：

孰推焉而屡起？孰尼焉而屡止？孰予以飞跃之资，而不假以升斗之水？出跃马而横弋，入稽经而诹史。亦何慊乎时贤？胡享于彼而屯于此？终效命于蛮陬⑤，长赍志其何已？盖怜才者之悲，而窃位者之耻。

注释：

①跬步：半步。

②负笈：笈读"qiè"，书箱。本意为携书游学。

③孤嫠：嫠读"lí"。本意为孤儿寡母。

④罔替：不更替，不废除。

⑤蛮陬：蛮，粗野，凶恶，不通情理。陬，隅，角落。这里泛指西南方边远地区人民聚居处。

江宁府学记

  同治四年，今相国合肥李公鸿章改建江宁府学，作孔子庙于冶城山，正殿门庑，规制粗备。六年，国藩重至金陵。明年，荷泽马公新贻继督两江，赓续成之。凿泮池，建崇圣祠，尊经阁，及学官之廨宇①。八年七月工竣。董其役者，为侯补道桂嵩庆，暨知县廖纶，参将叶圻。即敕即周。初终无懈。

  冶城山颠，杨、吴、宋、元皆为道观。明曰朝天宫，盖道士祀老子之所也。道家者流，其初但尚清静无为，其后乃称上通天帝。自汉初不能革秦时诸畤，而渭阳五帝之庙，甘泉泰一之坛，帝皆亲往郊见。由是圣王祀天之大典，不掌于天子之祠官，而方士夺而领之。道家称天，侵乱礼经实始于此。其他炼丹烧汞，采药飞升，符箓禁咒，征召百神，捕使鬼物诸异术，大率依托天帝。故其徒所居之宫，名曰"朝天"，亦犹称"上清"、"紫极"之类也。

  嘉庆道光中，宫观犹盛，黄冠数百人，连房栉比，鼓舞甿庶②。咸丰三年，粤贼洪秀全等盗据金陵，窃泰西诸国绪余，燔烧诸庙，群祀在典与不在典，一切毁弃。独有事于其所谓天者，每食必祝。道士及浮屠弟子并见摧灭。金陵文物之邦沦为豺豕窟宅。三纲九法，扫地尽矣。原夫方士称天以侵礼官，乃老子所不及料。迨粤贼称天以恫群神而毒四海，则又道士辈所不及料也。圣皇震怒，分遣将帅，诛殄凶渠，削平诸路。而金陵亦以时戡定，乃得就道家旧区，廓起宏规，崇祀至圣暨先贤先儒。将欲黜邪慝而反经，果操何道哉？夫亦曰：隆礼而已矣。

  先王之制礼也，人人纳于轨范之中，自其弱齿，已立制防。洒扫沃盥有常仪；饔食肴胾③有定位；绥缨绅佩有恒度。既长则教之冠礼，以责成人之道。教之婚礼，以明厚别之义；教之丧祭，以笃终而报本。其出而应

世，则有士相见以讲让，朝觐以劝忠；其在职，则有三物以兴贤，八政以防淫。其深远者，则教之乐舞，以养和顺之气，备文武之容；教之《大学》，以达于本末终始之序，治国平天下之术；教之《中庸》，以尽性而达天。故其材之成，则足以辅世长民；其次，亦循循绳矩。三代之士无或敢遁于奇邪者，人无不出于学，学无不衷于礼也。

老子之初，固亦精于礼经，孔子告曾子、子夏，述老聃言礼之说至矣。其后恶末世之苛细，逐华而悖④本，斯自然之和。于是矫枉过正，至讥礼者忠信之薄而乱之首，盖亦有所激而云然耳。圣人非不知浮文末节，无当于精义。特以礼之本于太一，起于微眇者，不能尽人而语之。则莫若就民生日用之常事为之制，修焉而为教，习焉而成俗。俗之既成，则圣人虽没，而鲁中诸儒犹肄乡饮、大射、礼于冢旁，至数百年不绝。又乌有窈冥诞妄之说，淆乱民听者乎？

吾观江宁士大夫，材智虽有短长，而皆不屑诡随以徇物。其于清静无为之旨，帝天祷祀之事，固已峻拒而不惑。孟子言："无礼无学，贼民斯兴。"今兵革已息，学校新立，更相与讲明此义，上以佐圣朝匡直之教，下以辟异端而迪吉士。盖廪廪⑤乎企向圣贤之域，岂仅人文彬蔚，鸣盛东南已哉！

注释：

①廨宇：官舍。

②旺庶：百姓。

③肴胾：胾读"zì"。本意为鱼肉等比较丰富的菜肴。

④悖：违背道理。

⑤廪廪：积郁、郁结。

遵义黎君墓志铭

君讳恺，字雨耕，晚自号石头山人，遵义黎氏。曾祖国柄。祖正训，廪贡生。考安理，举人，山东长山县知县。长山君二子，长曰恂，字雪楼，云南大姚县知县；君其次也。雪楼厚重寡言，气盖一世；君则倜傥通易，周览群书，兄弟间自为师友。长山君少遭不造，备历艰险。既见二子之成，乃大欢慰。二子翼翼趋承，食必佐馂，醑必奉槃，应唯犹婴儿也。

嘉庆十八年，逆贼林清等倡乱，内煽京师，外起滑县。河南北、山东、直隶震动。时长山君仕山东，雪楼侍于官所，讹言四起，或告于贵州曰："长山破矣，县令殉城死矣，雪楼殉父矣，亲属都无存者，仅存两孺子，漂转吴楚间去矣。"君于时奉母杨太宜人在家，闻则北望号痛，请于母，刻日戒途，赴山东之难。至长山，则阖门故无恙，传者妄也。由是远近以孝归之，君曰："父兄得全，幸也。庸有称乎？"

雪楼之自桐乡以忧归也，家居十五、六年。君晨夕造请，进止雍雍①。语或不合，亦敬应之，而徐理之，终无所忤。雪楼尝病喉痹，绝言与食。君午夜祷于宗祊，泣曰："我不及兄，兄不可死。必死者，请以我代。"喉亦旋愈。其敬嫂也如严其兄。其训群从如教其子。盖历久而不改，至其终身，亦卒不少懈。

居京师，有友曾某之丧，新尸狞厉②，虽其兄亦畏恶不敢近。君就举而殓之；必恪必躬，见者感叹！

君少而善病，长山君雅不欲强之学。而博涉多通，窥见百家要指，以县学生中式道光乙酉科举人，十五年乙未大挑二等，补贵阳府开州训导。二十二年十二月辛卯，以疾卒官，春秋五十有五。卒之日，囊无十金之蓄。士无识不识，莫不惜君之位，不称其德，又不获耆寿以昌其教泽也。嗛焉

若有憾于天地。至其孝友笃行，餍于人人之心者。则诚服而更无遗憾。然则君之自省与后之论世者，亦可以无憾已。君配张氏。妾吴氏、刘氏。子四人：庶焘，咸丰辛亥科举人；庶蕃，壬子科举人，候选知州；庶昌，以诸生献策阙廷，天子褒嘉，特授知县，候补直隶州知州；庶诚。女五人，皆适士族。孙四人，孙女五人。咸丰七年四月，葬于河西小青枫林。其后阅十五年，庶昌乞余追为之铭。铭曰：

贤圣盛业，岂贵高名？其道甚迩，事亲从兄。穆穆硕儒③，黔南之特。韬敛英奇，以修内则，闻变趋庭，万里戴星；祷④疾身代，感彻百灵。胡诚不格？何施不普？化彼枭狼，泽以甘雨。生徒济济，饬尔五常。白华孔絜，馨⑤我胶庠。亦有贤嗣，文行并卓；埋石兹邱，永贞乔岳！

注释：

①雍雍：从容大方。

②狞厉：凶恶可怕。

③穆穆硕儒：端庄恭敬的大儒。

④祷：祝愿，敬辞。

⑤馨：散布很远的香气。

海宁州训导钱君墓表

君讳泰吉，字辅宜，号警石。先世本何氏，明洪武中，有依海盐钱翁鞠育者，遂承钱姓。厥后徙居嘉兴，代有闻人。至文端公而益大。文端公讳陈群，以侍郎予告特加刑部尚书，晋赠太傅，君曾祖也。祖汝恳，早卒。本生祖汝恭，安庆府同知。父复，大兴县知县。

君少而苦学，潜心孤往。从兄曰仪吉者，字衍石，博通群籍，早有高名。君事之师友之间，兄弟常以纯儒相勉。盖自弱冠后，远近已称"嘉兴钱氏二石"云。

衍石以翰林改官户部。擢御史给事中，久处京师，其后客游广东，汴梁。君则以廪贡[①]为海宁州训导者，近三十年，与给谏君离多合少，而书问丛沓，咨询学术、动逾数千言。自周秦诸子、马班群史、许郑诂训[②]、杜马典章、洛闽之渊源、唐宋名贤之诗古文辞，以及目录、校雠、金石、书画、方志、杂说，一孔半枝，无所不询，盖亦无所不辨。或献一疑而诘难[③]十返。或尚论前哲，评骘时流，杂以嘲诙鄙谚，穷极理趣。二石家书，蔚然天下之至文也。给谏晚而搜刻经说，刊正伪谬。君自中年，即好校古书。假人善本及先辈评点之册，写而注之眉端。如《史记》、前后汉书、《晋书》、《集韵》、《元文类》、《礼记集说》等编，皆勘校数周，一字之舛，旁求群证。尝著《曝书杂记》以发其凡。

嘉庆中，海内犹尚考据之说，尊汉而黜宋，先博览而后躬行。独桐城姚氏鼐，恪守程朱，孤行不感，宗主义理，不薄考据。而二石风指乃与姚氏相近，其论文亦颇法姚氏。尝称以为字体故训者，汉儒之小学也；曲礼少仪者，宋儒之小学也。二者皆扶植基本，而宋重明伦，于道为尤尊。兄弟相与修饬人纪，诵述先德。给谏辑《庐江钱氏艺文略》，君则撰《清芬

世守录》，皆表一门之懿行④，以播芳馨而诒典则。先是文端公尝进呈其母画册，高宗赐题十诗，发还原册，并书"清芬世守"四字。逮文端公致仕还乡，高宗寄赐册卷诗篇，累数千首。君撰辑此录，具载君臣赓和，旷古无伦。又纪钱氏十余世翰墨，及名公钜儒题咏，上以著祖宗文献之盛，下以勖后人孝友于弗替。其叙轶事，述彝训，恳恳⑤乎惧来叶之遗堕。有味哉，其言之也！

咸丰庚申、辛酉之际，粤贼纵横浙中，君辗转播迁，最后由江西以达安庆。国藩乃获与相见。以漂泊兵间，偷得骨肉完聚也。则为之破颜一喜。语及世事沧桑，丘墓成毁不可知，则又歔焉以悲。其明岁，同治二年十一月廿日，卒于安庆旅舍。将殁，犹以先世文字之责未能及身整理为恨。足以知其志之所存已。君配胡氏，诰封恭人。子二：长炳森，道光甲辰举人，出为冢兄学源后，前卒；次应溥，以拔贡官吏部主事、军机处行走，加四品卿衔。君以子贵，累封朝议大夫。女六人。孙七人。孙女三人。

君所著，又有《学职禾人考》、《海昌备志》、《甘泉乡人稿》。乱后板毁，仅有存者。古今才智之士，常思大有为于世，其立言常雄骏自喜。若文章不求雄骏，而但求平淡；德业不求施于世，而但求善于一身一家，此殆非智者愉快事也？具无所不能之材，敛之又敛，弥晦焉而弥愉快，则其自得于中者必大矣。夫自得之学，惟君其庶几哉！

注释：

①廪贡：指府、州、县的廪生被选拔为贡生。

②诂训：解释古语。

③诘难：追问，责难。

④懿行：善行。

⑤恳恳：诚挚殷切。

书何母陈恭人事

恭人陈氏，道州何文安公之第三子妇，吾友子敬同年绍祺之配也。

文安公家训谨严，内外执业，各有常程。箕帚槃盂，皆有定位。闺门之内，肃若朝廷。廖夫人刻厉俭勤，终身不御纨绮。笾豆之奉，觳薄①等于寒门。凡醯醢②、菹脯、酒饵、浆醴之属，皆率妇辈躬自治之。手营而口授，不征诸市，不假诸仆妇。然诸妇或出外州华族，往往不中程度。独陈恭人道州旧姻，椎髻布裙，为之益勤，其德益善。舅姑亦益愉怿，以谓巨室而不失儒士之风，即家之详也。

道光二十三年，子敬以举人就职知县，援例选云南广通县，旋改江苏同知。又以知府调归浙江，补台州府，保升道员，署粮储道。咸丰十年二月，粤贼入浙围杭州。子敬时方奉使至江苏，眷属寓清泰门。先是，恭人生子辄不育，有女子三人。子敬既以仲兄子庆治为嗣，诸妾又生庆铨、庆熙、庆全。城破，恭人乃属家人而诏之曰："主人远出，吾遭此变。何氏名门男女长幼，义不可为贼辱。"遂先缚二子沉于池，外孙女二岁，扼吭毙之。旋引一绳，与外姻朱孺人同时自经。无几何，援兵四至，贼众惊遁。老仆柳春自外归，见庆治脑后被斫六创，其妻邢氏被割两耳，而皆未死。诸妾避入民舍得免，所沉二子庆铨、庆熙者池中水浅，亦俱无恙。两自经者，朱孺人气绝而恭人解救得生。盖缢二时许而不殊，自言有两红灯前导，忽见天日而醒，略无所苦。由是远近叹异。或曰："恭人半生长斋诵经礼佛，兹其效也。"或曰："孝友之门，祸将撄而常解。坚确之德，逻物不憯③。庄生所谓'骨节与人同，而犯害与人异'，其神全也。"

杭州寇退，子敬返自江苏。外而征缮，以佐军府；内而补苴，以宁穑弱。且而劬，宵而不休。夏而疾，秋而不瘳。于是引病投劾④，挈家还湘，卜

居于长沙之东乡。艺稻而豢鱼，善邻而训子。恭人亦菲食敝衣，相与拮据以保迟暮。子敬既逝，恭人则兼综内外宾祭之供，耕读之业，囊箧⑤锱铢之故，造次纷乘而不眩，齿逾七十而不知疲。乡之人以是服其恪也。同治十年九月，无疾而终。去杭州城陷之时。十有二年矣。

军兴以来，横死者多矣。临难而幸脱者，亦恒有之。独何氏一门慷慨就义，而俱获生全。陈恭人事尤近于神异。恭人之夫之兄，子贞先生告余以状。因为述其梗概。其他懿行不备论云。

注释：

①縠薄：縠读"hú"，恐惧颤抖的样子。此处意为俭约，微薄。

②醯醢（xī hǎi）：用鱼肉等制成的酱。

③僭：超越本分。

④投劾：呈递弹劾自己的文章。

⑤囊箧：袋子与箱子。

湘阴郭府君暨张安人墓志铭

君讳家彪，字春坊，郭氏，湘阴人。生而温约夷愉，与人无竞。不苟为和訇，亦不为介介踔异之行。卒然投之事变，若不克辨其是非曲直也者。及夫群疑劫劫，徐出一言折之。关开节解，风生冰释。虽强辩者，常默然而内自诎也。曾祖遇杰，貤赠奉直大夫。祖熊，贡生，诰赠奉直大夫。考诠世，县学生。世父世遵，县学廪膳生。世遵无子，以诸子家暾为嗣，早世，乃复以君为嗣。

家故饶赡，诸父豪宕①好施，或日费数十万钱无所惜。君亦夷然不为有亡顾虑。亲故假贷，每盈其意。或他人相称贷，要君一言为质，及期责偿于君，辄量②偿之；又急，则又旅归之。岁中为人理宿逋，率三、四役。久之，往往不仇，则毁其约契。会岁大祲，家以中圮。君故夙于淡泊，丰约不以易其度。布衣粝食，萧然自得。益务济人，广储方药。病者踵门求乞，手剂与之。自寻常草木、马勃、牛溲，以至丹砂、钟乳，千岁之苓，尚方之蕧，诸奇珍物，可致与不可卒致，无所不蓄，盖亦无所不施。其尤贫者，辅以羞饵，使人日再问焉。疾革，躬三问焉。君没后，里人刘氏言之涕泗交颐也。

君生以乾隆五十九年八月廿四日，没以道光庚戌二月十六日，春秋五十有七。配张安人，少君二岁，以道光己酉七月十六日，先君没之七月而卒，春秋五十有四。

张安人柔婉懿恭，既笃既静。长沙举人正旭之孙，永州府儒学训导鹏振之子。自在其室以逮为妇为母，莫不训式。始时家暾有妇吴氏，早寡而卞急③；姑张太安人性亦严厉，积不相善。张安人既嗣为后，恭以事严姑而卑以承姒妇。先姑之意，以隆其奉，以推及于姒娣小姑，无所不隆。诎

己之身以薄其给，以达于己之子，若女若妇，无所不薄，上慰下荐，内外融融。闾里亲族，无少长，皆叹以为不可及。睹其诸子贵盛，皆颔首叹以为宜。其殁也，哭之皆哀有余云。

子嵩焘，道光丁未科进士，改翰林院庶吉士。咸丰三年以救援江西功，圣恩特授编修。昆焘，道光甲辰恩科举人，宗室官学教习，国子监助教。仑焘，县学生，候选训导。其季曰先槶，早殇。孙六人。咸丰二年壬子岁三月十四日，嵩焘与其弟奉君之丧，葬于湘西善化杨梅山之原。张安人丰附焉。又三年，岁在乙卯，国藩乃叙而铭之。铭曰：

我有执友，翰林郭君。至交金石，天下莫不闻；昔岁在戌，赴告亲丧；征我铭刻，用识幽藏。曾几须臾，岁星周半，大地戈铤，东南涂炭。我以丧归，墨绖即戎。葬不极礼，筮不协从。维郭氏阡，在岳之麓。云合峰环，龟蓍④并谷。不肖之嗛⑤，郭宗之祥。诗于坚石，以奠茫茫。

注释：

①豪宕：意气洋溢，器量阔大。

②辄量：随即。

③卞急：急躁。

④龟蓍：龟甲和蓍草。古代占卜之具。

⑤嗛（qiè）：满足。

诰封光禄大夫曾府君墓志

咸丰七年二月初四日，我显考曾府君，卒于湘乡里第，春秋六十有八。男国潢、国葆谨视含敛①；男国藩降服，男国华自江西瑞州军营闻讣，男国荃自吉安军营闻讣，皆奔丧来归。天子广锡类之仁，赐银四百两，经理丧事。闰五月初三日癸未，卜葬于二十四都周璧冲山内。从形家言，丙山壬向，去先世旧庐六里而强，去梁江新宅八里而近。

国藩少长至冠，未离亲侧。读书识字，皆我君口授。自窃禄登朝，去乡十有四年。逮待罪戎行，违晨昏者又五年。府君之至言懿行，不可得而尽识。仅从季父骥云所，泣问近事。而昆弟子姓、诸姑姊妹亦称述音容，往往而悉。其述府君侍先大父疾病，至难能矣。

道光二十六年八月，大父病痿痹，动止不良。明年冬，疾益笃，喑不能言。即有所需，以颐使②，以目求；即有苦，蹙额而已。府君朝夕奉事，常先意而得之。夜侍寝处，大父雅不欲频烦惊召，而他仆殊不称意。前后溲益数、一夕六七起。府君时其将起，则进器承之。少间，又如之。听于无声，不失分寸。严寒大溲，则令他人启移手足，而身翼护之。或微沾污，辄涤除；易中衣，拂动甚微。终宵惕息③。明旦则季父入侍，奉事一如府君之法。久而诸孙、孙妇、内外长幼，感化训习，争取垢污襦袴，浣濯④为乐，不知其有臭秽。或挽篾舆⑤游戏庭中，各有常程。大父病凡三载有奇，府君未尝得一安枕，愈久而弥敬。是时，府君年六十矣。

吾曾氏家世微薄，自明以来，无以学业发名者。府君积苦力学，应有司之试十有七，始得补县学生员。不获大施，则发愤教督诸子。国藩以进士入翰林，七迁而为礼部侍郎。历官吏部、兵部、刑部、工部侍郎。遭逢两朝推恩盛典，褒封三世。曾祖讳竟希，诰赠光禄大夫。曾祖妣彭氏，诰

赠一品夫人。祖讳玉屏，累赠光禄大夫，祖妣王氏，累赠一品夫人。府君讳麟书，字竹亭，诰封中宪大夫，迭晋荣禄大夫，光禄大夫。妣江氏，诰封一品夫人。小子非材，微府君厚泽，曷克成立，以蒙兹光显！于是泣述一、二，并列刻系属敬铭诸幽。若其懿德纯行，宜传不朽者，将以俟诸知言君子。铭曰：

西望新居，东望旧庐。此焉适中，群山所都。我先人之灵，其尚妥于斯而永于斯乎！呜呼！

男五人：国藩，配欧阳氏；国潢，监生，候选县丞，配汪氏；国华，监生，即补同知，出继叔父骥云为嗣，配葛氏，妾欧阳氏；国荃，优贡生，同生职衔，配熊氏；国葆，县学生，配邓氏。

女四人：长适王鹏远；次适王家储，婿先卒；次适朱氏，先卒，婿朱丽春；季女殇。

孙八人：纪泽，二品荫生，配贺氏；纪梁，聘魏氏；纪鸿，聘郭氏；纪渠，聘朱氏；纪端，聘江氏；纪官，聘欧阳氏；纪湘，聘易氏；纪淞，聘王氏。

孙女九人。

先大夫以咸丰七年丁巳五月，葬周壁冲。至九年己未八月十六日癸丑，改葬于二十九都台洲之猫面脑。自丁巳九月，男国荃复出治军于吉安，至戊午六月，男国藩复出，治军于浙江，皆以墨绖即戎。而男国华，降服期满，从军皖北，竟殉难于庐江之三河镇。至己未五月，诸子服阕，而男国潢亦治团练于乡。男国葆亦从军于湖北。岁月不居，人事迁变，辄因改葬，补记一二，俾后有考焉。男国荃附记。

先妣江夫人，生于乾隆乙巳年十一月初三日申时。春秋六十有八，咸丰壬子年，六月十二日，卯时，没于梁江新宅。原厝宅后山内。己未八月同日，改葬于此。与先大夫共一茔域。国荃又记。

注释：

①含敛（hàn liàn）：古代丧礼，纳珠玉彩贝于死者口中，并易衣衾，然后放入棺中，曰"含敛"。

②颐使：示意。

③惕息：恐惧而不敢发出声息。

④浣濯：洗涤。

⑤筿舆：竹舆，竹轿。

葛寅轩先生家传

先生讳大宾,字兴森,号寅轩,葛姓。先世自苏州徙居湖南,遂为湘乡人。曾祖世珍,祖生霞,父长添,世有隐德。先生幼而端重,动止异于常儿。长而益自检制,终日危坐,言笑不妄。盛暑不袒,焚香把卷,默识恬吟。性耐剧饮,虽醉不乱;或久无酒,终亦不索,怡然若有以自得也。

乾隆之末,海内文人以靡丽辩博相高。昆明钱南园侍御沣,独以刚方立朝,视学湖南,以正谊笃行风楚之人,所取率多端士。先生既受知于钱公,补县学生员,益折节自绳,跬步必衷于古训。学徒游其门,则先教之以忠孝大节,下至饮食起居、出处语默、取与毫厘,各有法式;从则贞吉,违则耻辱,至不得齿于人。听者往往汗下。常称钱公及其师湘潭朱声越之学行,以勉其门人弟子。弟子高第者,我先大夫竹亭公及陈君道著籍最早。晚岁又得黄君星平、邹君鲁道,皆登甲科,知名于时;各秉师说,以教授乡里,传嬗赓续①,笃守矩矱②。吾乡风气淳古,士人循循,不敢背越礼法,以自放其亡等之欲。论者以为渊源一本于先生。彼南面民上司政教之柄,其流风余韵,得比于一诸生被人之深且久如此者,曾几人哉?

先生四岁丧父,哀毁若成人。年十三,值父忌日,出主以祭。主动仆地,粉面剥落,脱去葛字,微露周字,盖木工饰周姓废主为之者也。先生痛哭引咎,告墓易主。卜日乃祭。事寡母左孺人也,巨细必躬,疾必尝药。生徒有馈,必归以献。尝隆冬独坐,心动,急自馆所驰归。入门,数呼母,母方与仲兄负暄后院,闻声趋出,而屋后山忽颓,压坐席破碎。里之人以谓先生诚孝之所感也。母殁,勺饮不入口者五日。既葬,哀服终其身,腰以下无复存寸缕。服阕③,每祭必泣尽哀,以为常。兄弟五人,既分居矣。逋负累累④,无以自存。先生则请于母,复同居如初。即有所入,丝发不以自私。兄弟没，则庀⑤其丧；无子，为之立后。君从诸妇，各受职业，室以大和。

　　道光二年，朝廷开孝廉方正之科，有司举先生应诏。或劝之一诣京师谒选。先生曰："是可以躁求耶？"十二年壬辰十月二十九日，卒于家，春秋七十有一。配左氏，前卒。时先生年才三十有奇，终身不更娶。子二：长荣荫，早没；次荣馆。孙三：封泰、先晋、封梁。孙女二人，其一归吾弟国华。曾孙镇堡、镇岩。先晋，县学生员，后其世父荣荫，先生命也，笃慎而好学。积善之报，殆将于是乎在。

　　前史官曾国藩曰：人之品类，至不齐也。唐代设科取士，名目繁多。宋司马光请开十科以求贤，其目至为赅简。今世官人专出于进士之一途，盖有科而无目矣。会典所著特科有三：曰博学鸿词，曰经学，曰教廉方正。鸿博科再开，经学科一开，当时皆称得人。孝廉方正之科，诏开六七次，而由之以践历显仕者特少，或举天下而无一人赴部应试者，则何也？岂朝廷所以旌别此科、其法有未善与？抑有司漫不矜慎，举非其人与？以湘乡言之，道光初元举先生，咸丰初元举罗君泽南，未可谓都非其人也。夫诚得其人，在上者固当思所以致之耳。彼膺斯举者，岂汲汲哉？

注释：

①传嬗赓续：递相传授。

②矩矱：规矩，法度。

③服阕：守丧期满除服。阕，终了。

④逋负累累：指积欠的赋税、债务等。

⑤庀（pǐ）：具备，备办。

母弟温甫哀词

　　咸丰五年十月，贼目伪翼王石达开引其党，自湖北通城窜入江西。别有广东匪徒，曰周培春、葛耀明、关志江者，自湖南茶陵州窜入，与石逆相聚于新昌县。周培春等，投归石逆部下，愿为前驱。石逆授之伪职将军、总制军师、旅帅之类。两逆党者，合并为一，江西乱民从之如归。赣水以西，望风瓦解。十一月初十日，攻陷瑞州府，明日陷临江。晦日[①]袁州继陷；遂围吉安，明年正月二十五日，陷之。余檄副将周凤山，率九江之师入援。二月十八日，军败于樟树镇，而抚州、建昌两府，以是月之季，相踵沦没。国藩躬率水陆诸军，自湖口入援，而南康又没于贼矣。九江自为贼据如故。凡江西土地弃之贼中者，为府八，为州若县若厅五十有奇。天动地岌，人心惶惶。讹言一夕数惊，或奔走夺门相践死。楚军困于江西，道闭不得通乡书。则募死士，蜡丸隐语，乞援于楚。贼亦益布金钱，购民间捕索楚人致密书者，杀而榜诸衢。前后死者百辈，无得脱免。

　　吾弟国华温甫，自湘中间关走武昌，乞师以拯江西。于是与腾鸿峙衡、吴坤修竹庄、普承尧钦堂，率五千人以行。而巡抚胡公奏请以温甫统领军事。出入贼地，盛暑麋兵。凡攻克咸宁、蒲圻、崇阳、通城、新昌、上高六县。以六月三十日，锐师翔于瑞州，由是江西、湖南始得通问。而温甫亦积劳致疾矣。七月十六日，棹小舟舁疾至南昌。兄弟相见，深夜惛惛[②]。喜极而悲，涕泣如雨。弟疾寝剧，治之多方不效。至九月乃痊，复还瑞州营次。

　　瑞州故有南北两城，蜀水贯其中。刘腾鸿军其南，温甫与普承尧军其西北。贼于东隅通外援，市易如故。七年正月，予率吴坤修之师自奉新至东路，始合长围。掘堑周三十里。温甫则大喜："吾攻此城，久不举。今兹事其集乎？"不幸遭先君子大故，兄弟匍匐奔丧。入里门，宗族、乡党争来相吊，亦颇相庆慰。国藩得拔其不肖之躯，复有生还之一日，温甫力也。温甫既出嗣叔父，以咸丰八年二月降服期满，复出抵李君续宾迪庵军中。李君与温甫为婚姻，益相与讲求戎政，晨夕谘议③。是时，九江新破，强悍深根之寇，一扫刮绝。李君威名闻天下，又克麻城，蹴④黄安，喋血皖中，连下太湖、潜山、桐城、舒城四县。席全盛之势，人人自以无前，师锐甚。温甫独以为常胜之家，气将竭矣，难可深恃。时时与李君深语悚切，以警其下；亦以书告予旴上。竟以十月十日军败，从李君殉难庐江之三河镇。呜呼！痛哉！

曩吾弟以新集之师，千里赴援，摧江西十万之贼而无所顿。今以皖北百胜之军，萃良将劲卒，四海所仰望者命而壹覆之。而吾弟适丁其厄，岂所谓命耶？常胜之不足深恃，吾弟之智，既及之矣，而不肯退师以图全。营垒以十三夜被陷，而吾弟与李君，以初十之夕并命同殉，又不肯少待，以图脱免。岂所谓知命者耶？遂缀词哭之！词曰：

觥觥我祖，山立绝伦。有蓄不施，笃生哲人。我君为长，鲁国一儒；仲父早世，有季不孤。恭惟先德，稼穑诗书。小子无状，席此庆余。粲粲诸弟，雁行以随。吾诗有云："午君最奇。"挟艺干人，百不一售。彼粗秽者，乃居吾右。抑塞不伸，发狂大叫；杂以嘲诙，万花齐笑。世不吾与，吾不世许；自谓吾虎，世弃如鼠。相舛相背，逝将去女。一朝奋发，仗剑东行；提师五千，往从阿兄。何坚不破？何劲不摧？跃入章门，无害无灾。埙篪鼓角，号令风雷。昊天不吊，鲜民衔哀。见星西奔，三子归来。弟后季父，降服以礼。匪岁告阕，靡念苞杞。出陪戎幄，匪辛伊李。既克浔阳，雄师北迈。划潜刳桐，群舒是嘬。岂谓一蹶，震惊两戒。李既山颓，弟乃梁坏。覆我湘人，君子六千。命耶数耶？何辜于天！我奉简书，驰驱岭峤。江北江南，梦魂环绕。卯恸⑤抵昏，酉悲达晓。莽莽舒庐，群凶所窟。积骸成岳，孰辨弟骨。骨不可收，魂不可招。峥嵘废垒，雪渍风飘。生也何雄，死也何苦！我实负弟，茹恨终古。

予于道光甲辰寄诸弟诗，有云："辰君平正午君奇，屈指老沅真白眉。"辰君谓弟澄侯，生庚辰岁；午君谓温甫，生壬午岁。老沅谓沅甫也。"

注释：

①晦日：农历每月的最后一天。

②悄悄：形容静寂，深沉。

③谘议：咨询议论。

④蹴：踏。

⑤恸：极悲哀，大哭。

《欧阳生文集》序

乾隆之末，桐城姚姬传先生鼐，善为古文辞。慕效其乡先辈方望溪侍郎之所为，而受法于刘君大櫆及其世父编修君范。三子既通儒硕望，姚先生治其术益精。历城周永年书昌，为之语曰："天下之文章，其在桐城乎！"由是学者多归向桐城，号"桐城派"。犹前世所称"江西诗派"者也。

姚先生晚而主钟山书院讲席，门下著籍者，上元有管同异之、梅曾亮伯言，桐城有方东树植之、姚莹石甫。四人者，称为高第弟子，各以所得，传授徒友，往往不绝。在桐城者，有戴钧衡存庄，事植之久，尤精力过绝人。自以为守其邑先正之法，檀之后进，义无所让也。其不列弟子籍，同时服膺，有新城鲁仕骥絜非、宜兴吴德旋仲伦，絜非之甥为陈用光硕士。硕士既师其舅，又亲受业姚先生之门。乡人化之，多好文章。硕士之群从，有陈学受艺叔、陈溥广敷。而南丰又有吴嘉宾子序，皆承絜非之风，私淑于姚先生。由是江西建昌有桐城之学。

仲伦与永福吕璜月沧交友。月沧之乡人，有临桂朱琦伯韩、龙启瑞翰臣、马平王锡振定甫，皆步趋吴氏、吕氏，而益求广其术于梅伯言。由是桐城宗派，流衍[①]于广西矣。

昔者，国藩尝怪姚先生典试湖南，而吾乡出其门者，未闻相从以学文为事。既而得巴陵吴敏树南屏，称述其术，笃好而不厌。而武陵杨彝珍性农、善化孙鼎臣芝房、湘阴郭嵩焘伯琛、溆浦舒焘伯鲁，亦以姚氏之文家正轨，违此则又何求？最后得湘潭欧阳生。生，吾友欧阳兆熊小岑之子，而受法于巴陵吴君、湘阴郭君，亦师事新城二陈。其渐染者多，其志趋嗜好，举天下之美，无以易乎桐城姚氏者也。

当乾隆中叶，海内魁儒畸士，崇尚鸿博，繁称旁证。考核一字，累数

千言不能休。别立帜志，名曰"汉学"。深摈②有宋诸子义理之说，以为不足复存。其为文尤芜杂③寡要。姚先生独排众议，以为义理、考据、词章三者不可偏废。必义理为质，而后文有所附，考据有所归。一编之内，惟此尤兢兢。当时孤立无助。传之五、六十年，近世学子，稍稍诵其文，承用其说。道之废兴，亦各有时，其命也欤哉！自洪杨倡乱，东南荼毒。钟山石城，昔时姚先生撰杖都讲之所，今为犬羊窟宅，深固而不可拔。桐城沦为异域，既顾而复失。戴钧衡全家殉难，身亦呕血死矣。

  余来建昌，问新城、南丰，兵燹④之余，百物荡尽，田荒不治，蓬蒿没人。一二文士，转徙无所。而广西用兵九载，群盗犹汹汹，骤不可爬梳。龙君翰臣又物故。独吾乡少安，二、三君子尚得优游文学，曲折以求合桐城之辙。而舒焘前卒，欧阳生亦以瘵死⑤。老者牵于人事，或遭乱不得竟其学，少者或中道夭殂。四方多故，求如姚先生之聪明早达，太平寿考，从容以跻于古之作者，卒不可得。然则业之成否又得谓之非命也耶？

  欧阳生，名勋，字子和。没于咸丰五年三月，年廿有几。其文若诗，清缜喜往复，亦时有乱离之慨。庄周云："逃空虚者，闻人足音跫然而喜。"而况昆弟亲戚之謦欬其侧者乎？余之不闻桐城诸老之謦欬也久矣！观生之为，则岂直足音而已！故为之序，以塞小岑之悲，亦以见文章与世变相因，俾后之人以得考览焉。

注释：

①流衍：广泛流传。

②摈（bìn）：排除，抛弃。

③芜杂：杂乱无章，乱而杂。

④兵燹：燹读"xiǎn"。本意为因战乱而造成的焚烧破坏等灾害。

⑤瘵死：瘵读"zhài"，指因患痨病而死者。

圣哲画像记

国藩志学不早，中岁侧身朝列，窃窥陈编，稍涉先圣、昔贤、魁儒、长者之绪。驽缓多病，百无一成。军旅驰驱，益以芜废。丧乱未平，而吾年将五十矣。往者，吾读班固《艺文志》及马氏《经籍考》，见其所列书目，丛杂猥多[①]，作者姓氏，至于不可胜数。或昭昭于日月，或湮没而无闻。及为文渊阁直阁校理，每岁二月，侍从宣宗皇帝入阁，得观《四库全书》。其富过于前代所藏远甚，而存目之书数十万卷，尚不在此列。呜呼！何其多也！虽有生知之资，累世不能竟其业，况其下焉者乎！故书籍之浩浩，著述者之众，若江海然，非一人之腹所能尽饮也！要在慎择焉而已。余既自度其不逮，乃择古今圣哲三十余人，命儿子纪泽图其遗像，都为一卷，藏之家塾。后嗣有志读书取足于此，不必广心博骛，而斯文之传，莫大乎是矣。昔在汉世，若武梁祠、鲁灵光殿，皆图画伟人事迹。而《列女传》亦有画像，感发兴起，由来已旧。习其器矣，进而索其神，通其微，合其莫。心诚求之，仁远乎哉？国藩记。

尧舜禹汤，史臣记言而已。至文王拘幽，始立文字。演《周易》，周孔代兴，六经炳著，师道备矣。秦汉以来，孟子盖与庄、荀并称。至唐，韩氏独尊异之。而宋之贤者，以为可跻之尼山之次，崇其书以配《论语》。后之论者，莫之能易也。兹以亚于三圣人后云。

左氏传经，多述二周典礼。而好称引奇诞；文辞烂然，浮于质矣。

太史公称庄子之书皆寓言。吾观子长所为《史记》，寓言亦居十之六七。班氏阂识孤怀，不逮子长远甚。然经世之典，六艺之旨，文字之源，幽明之情状，粲然大备[②]。岂与夫斗筲者争得失于一先生之前，姝姝而自悦者哉！

诸葛公当扰攘之世，被服儒者，从容中道。陆敬舆事多疑之主，驭难驯之将，烛之以至明，将之以至诚，譬若御驽马登峻坂③，纵横险阻而不失其驰，何其神也！范希文、司马君实遭时差隆，然坚卓诚信，各有孤诣。其以道自持，蔚成风俗，意量亦远矣。昔刘向称董仲舒王佐之才，伊、吕无以加；管、晏之属，殆不能及。而刘歆以为董子师友所渐，曾不能几乎游、夏。以予观四贤者，虽未逮乎伊、吕，固将贤于董子。惜乎不得如刘向父子而论定耳！

自朱子表章周子，二程子、张子，以为上接孔孟之传。后世君相师儒，笃守其说，莫之或易。乾隆中，闳儒辈起，训诂博辨，度越昔贤，别立徽志，号曰"汉学"。摈有宋五子之术，以谓不得独尊。而笃信五子者，亦屏弃汉学，以为破碎害道，断断焉而未有已。吾观五子立言，其大者多合于洙泗，何可议也？其训释诸经，小有不当，固当取近世经说以辅翼之，又可屏弃群言以自隘乎？斯二者亦俱讥焉。

西汉文章，如子云、相如之雄伟，此天地遒劲之气，得于阳与刚之美者也。此天地之义气也。刘向、匡衡之渊懿，此天地温厚之气，得于阴与柔之美者也。此天地之仁气也。东汉以还，淹雅无惭于古，而风骨少隤矣。韩、柳有作，尽取扬、马之雄奇万变而内之于薄物小篇之中，岂不诡哉！欧阳氏、曾氏皆法韩公，而体质于匡、刘为近。文章之变，莫可穷诘。要之，不出此二途，虽百世可知也。

余抄古今诗，自魏晋至国朝，得十九家。盖诗之为道广矣！嗜好趋向，各视其性之所近。犹庶馐百味，罗列鼎俎，但取适吾口者，哜之得饱而已。必穷尽天下之佳肴，辩尝而后供一馔，是大惑也；必强天下之舌，尽效吾之所嗜，是大愚也。庄子有言："大惑者，终身不解；大愚者，终身不灵。"余于十九家中，又笃守夫四人者焉：唐之李、杜，宋之苏、黄，好之者十有七八，非之者亦且二、三。余惧蹈庄子不解不灵之讥，则取足于是，终身焉已耳。

司马子长，网罗旧闻，贯串三古，而八书颇病其略；班氏《志》较详矣，而断代为书，无以观其会通。欲周览经世之大法，必自杜氏《通典》始矣。马端临《通考》，杜氏伯仲之间，郑《志》非其伦也。百年以来，学者讲求形声故训，专治《说文》。多宗许、郑，少谈杜、马。吾以许、郑考先王制作之源，杜、马辨后因世革之要。其于实事求是一也。

先王之道，所谓修己治人，经纬万汇者，何归乎？亦曰礼而已矣。秦灭书籍，汉代诸儒之所掇拾，郑康成之所以卓绝，皆以礼也。杜君卿《通典》言礼者十居其六，其识已跨越八代矣。有宋张子、朱子之所讨论，马贵与、王伯厚之所纂辑，莫不以礼为兢兢。我朝学者以顾亭林为宗，国史《儒林传》褒然冠首。吾读其书，言及礼俗教化，则毅然有"守先后，舍我其谁"之志，何其壮也！厥后，张蒿庵作《中庸论》，及江慎修、戴东原辈尤以礼为先务。而秦尚书蕙田遂纂《五礼通考》，举天下古今幽明万事而一经之以礼，可谓体大而思精矣。吾图画国朝先正遗像，首顾先生，次秦文恭公，亦岂无微旨哉！桐城姚鼐姬传，高邮王念孙怀祖，其学皆不纯于礼。然姚先生持论闳通，国藩之粗解文章，由姚先生启之也。王氏父子集小学训诂之大成，复乎不可几已。故以殿焉。

姚姬传氏，言学问之途有三：曰义理，曰词章，曰考据。戴东原氏亦以为言。如文、周、孔、孟之圣，左、庄、马、班之才，诚不可以一方体论矣。至若葛、陆、范、马，在圣门则以德行而兼政事也。周、程、张、朱，在圣门则德行之科也，皆义理也。韩、柳、欧、曾、李、杜、苏、黄，在圣门则言语之科也，所谓词章者也。许、郑、杜、马、顾、秦、姚、王，在圣门则文学之科也。顾、秦于杜、马为近，姚、王于许、郑为近，皆考据也。此三十二子者，师其一人，读其一书，终身用之，有不能尽。若又有陋于此，而求益于外。譬若掘井九仞而不及泉，则以一井为隘，而必广掘数十百井，身老力疲，而卒无见泉之一日。其庸有当乎？

自浮屠氏言因果祸福，而为善获报之说，深中于人心，牢固而不可破。士方其占毕咿唔，则期报于科第禄仕。或少读古书，窥著作之林，则责报于遐迩之誉，后世之名。纂述未及终编，辄冀得一二有力之口，腾播人人

之耳。以偿吾劳也。朝耕而暮获，一施而十报，譬若沽酒市脯，喧聒以责之贷者，又取倍称之息焉。禄利之不遂，则徼幸于没世不可知之名。甚者，至谓孔子生不得位，没而俎豆之报，隆于尧舜。郁郁者以相证慰，何其陋欤！今夫三家之市，利析锱铢，或百钱逋负，怨及孙子；若通阛④贸易，瑰货山积，动逾千金；则百钱之有无，有不暇计较者矣。商富大贾，黄金百万，公私流衍，则数十百缗之费，有不暇计较者矣。均是人也，所操者大，犹有不暇计其小者；况天之所操尤大，而于世人毫末之善，口耳分寸之学，而一一谋所以报之，不亦劳哉！商之货殖同、时同，而或赢或绌；射策者之所业同，而或中或罢；为学著书之深浅同，而或传或否，或名或不名，亦皆有命焉，非可强而几也。古之君子，盖无日不忧，无日不乐。道之不明，己之不免为乡人，一息之或懈，忧也；居易以俟命，下学而上达，仰不愧而俯不怍，乐也。自文王、周、孔三圣人以下，至于王氏，莫不忧以终身，乐以终身，无所于祈，何所为报！己则自晦，何有于名！惟庄周、司马迁、柳宗元三人者，伤悼不遇，怨悱形于简册，其于圣贤自得之乐，稍违异矣。然彼自惜不世之才，非夫无实而汲汲时名者比也。苟汲汲⑤于名，则去三十二子也远矣。将适燕晋而南其辕，其于术不益疏哉？

文周孔孟，班马左庄，陆葛范马，周程朱张，韩柳欧曾，李杜苏黄，许郑杜马，顾秦姚王。三十二人，俎豆馨香。临之在上，质之在旁。

注释：

①丛杂猥多：众多杂乱、混乱。

②粲然大备：粲然，光亮、明亮、鲜明。大备，一切具备，完备。

③峻坂：亦作"峻阪"，陡坡。

④通阛：四通八达的市街。

⑤汲汲：形容急切的样子。

桃源县学教谕孙君墓表

君讳葆恬，字劭吾，孙氏，善化人。祖绳武，岁贡生。考先振，举人，直隶隆平县知县。隆平君无子，有兄曰先捷，县学附生，晚而生君，乃兼以后隆平君。礼律所称"一子承二祧"者也。君生贵重，两翁绝怜之，不欲苦以学业。君曲承欢意，进则奉槃疾趋，嬉游无度；退则颙颙①自敕，钻仰群书。本末交修，既治且笃。年十七，补诸生。中式嘉庆巳卯科举人。于是赠翁始知君之学之勤，人之所不见也。

道光六年，以大挑选桃源县学教谕。始至，学官弟子或丙夜踏门，曰："愿有谒也。"君诃禁②，立绝。诸生相戒，惕息不敢近。君稍稍引进，矜其不能。有某生，才而无检，提学使者将除其名。君召而数之曰："若以恶闻于一县，今当痛自艾，扫地自新则生，蹈故则否。"生顿首谢："不敢负。"提学使者亦竟不黜生。又有数十人，以钱粮浮收，诉县令于上官。刻碑县门，颇劫持之，冀薄敛以宽民力。县令大怒，将名捕致之法。君从容开说，仆碑弛狱，久之壹解。县令邵君以事罚富人钱二十万，输于学宫。阴以乞君，君别藏之。及以忧去官，召诸生使具状出钱予之，贯则朽矣。在桃源九年，大计卓异，例以知县赴部谒选。君曰："今日令长岂得行其志者？吾上有老亲，又奚为于选人？"道光二十一年四月某甲子卒官，春秋四十有八。

卒后三年，君之子鼎臣芝房，以道光乙巳科进士，改翰林院庶吉士。君以覃恩晋赠儒林郎。又二年，次子颐臣以丁未科进士改兵部主事。又三年，今上即位，晋赠奉直大夫。明年，子观臣中式咸丰辛亥科举人。又明年，以宣宗升祔恩晋赠中宪大夫。是时，粤匪洪杨诸逆方犯湖南，联巨舰浮江而东，荆扬鼎沸。芝房及其两弟归自京师。又二年，颐臣、观臣相继沦逝。

又明年，咸丰丁巳十二月某甲子，君之配桂太恭人卒。死丧频仍，家稍替矣。

太恭人孝恭任淑，处变不惊。镇箪有卒哗，诃禁③其长官。滨沅州县，汹汹东徙避乱。流贼有自通城窜长沙者，家人亦鸟徙避之。太恭人晏然守静，不为讹言震骇，卒以无事。方从官桃源学署，赠翁县学君实在养。每晨兴，君布席，太恭人进馔。赠翁年几九十，与子妇为辞让者再。太恭人执玉宾宾，恒有婴儿之色。见之者不知其娶妇生孙，子已登科也。太恭人之没，后君十有六载。

咸丰九年二月某甲子，芝房奉母合葬于恭江先茔。先事属友人曾国藩表其墓。国藩因循未即为，而芝房不幸死矣。始君以朴学冲襟，未竟其施，士林惜之。又颐臣、观臣以才子早逝，又益惜之。至芳房秉父之训，立朝有风节，著书廪廪近古矣。复以忧死，每加惜焉。君子小人，知与不知，所共悼痛者也。且所谓天者，何也？高高者，与人世迥绝④，其好恶固当大异于人，不可究诘耶？抑食报有时迟之，又久而后大定耶？以君之积善教子，芝房之所成立如此卓卓，而犹不克显，则将来所谓大定焉者，又可必其尽如人意，而祚之无已乎？于是为镌⑤诸石，揭诸墓道，以俟夫异时观化人者取验焉。

注释：

①颛颛（zhuān zhuān）：愚昧无知的样子。

②诃禁：亦作"呵禁"，大声喝斥制止。

③戕：残杀、杀害。

④迥绝：远远胜过，远远隔绝，迥别。

⑤镌（chán）：雕凿，开掘。

毕君殉难碑记

　　自楚军之兴，忠武公塔齐布，实始以勇名天下。楚人剽悍者，率低首塔公，亦艳称云南毕君。塔公每临敌，负枪挟弓矢，又令二卒树长矛，执曳马绳竿以从，其为器也四；毕君每临敌，负枪腰五十矢，又令卒手蛇矛，持八尺刀以从，其为器也亦四。塔公跃马飙驰，瞋人①追从，从辄返鞭之。毕君怒马直穿贼阵，戒后者："无得妄从我！"人亦自不敢从也。

　　毕君名金科，字应侯，云南临沅人。以征开化苗匪功，叙蓝翎外委，署临沅镇标外委。咸丰四年，随副将王国才赴湖北军营，破贼于天门丁司桥，累叙至花翎都司。十一月，国藩檄令随塔公攻围九江。明年正月，贼犯武昌，王国才回军援鄂，毕君遂为塔公所留。其后塔公物故，毕以骁勇冠浔军。

　　逆酋石达开之寇江西也，连陷瑞州、临江等八府数十州县。毕君所至，常陷阵克捷。旋为他部牵率失利，终不得独录其功。自九江奉檄而南，以五年十二月，破贼于樟树镇。明年二月，军败失之。自南昌而东，以六年五月，破贼于饶州之章田渡。六月，郡城陷，失之。毕君自痛为他部所累，益发愤，募死士再入饶州。誓众曰："今日上岸破贼！不捷，吾不复归舟矣。"一鼓而克复府城。饶之耆黎妇孺，见闻者与不见闻者，皆曰毕君功也。由是赏加呼尔察巴图鲁名号，补临沅镇都司，升用游击，名誉大振。而忌君者，日以次骨飞谋荐谤，迭相污染。君提千余人，当四战之地，索饷不至；又恶忌者出己上，中夜郁郁不自得，常思立奇功以自旌异②。

　　会徽池之贼大至，岁暮，士有饥色。有司者责君："能破景德镇，军食可图也。"君以正月二日出师，初四日，骤攻景德镇，入市，乃无一贼，别挈十人，搜剿后街。贼蜂起，从卒亡七人，伤三人。君纵横击刺，践血而出。最后，贼以喷筒环攻，君于王家洲，陨焉！年二十五岁。阅十有八日，

前从伤卒三人者，收得遗尸。又三载，咸丰九年，予弟国荃破贼景德镇，凭吊毕君殉难之所。而壮士则既死矣，功名之际，有天有人，在己者独足恃哉！于是伐石以表遗迹，声之铭语，俾行路歌之，以永饶人之思！铭曰：

横目蚩蚩③，同出一冶。众雌无雄，谁是健者？塔公首出，次乃毕君：躯干虽小，陈安之伦；匹马斫阵，万夫莫当。人心之贼，一矢或伤。内畏媚嫉，外逼强寇。进退靡依，忍尤丛诟。郁极思伸，矫首舐天。徒④飞无翼，或⑤坠于渊。渊则有底，愤则无已。万代千龄，哀此壮士！

注释：

①瞋人：表示容易动怒，生气，冲动，急躁的人。

②旌异：旌表，褒奖。

③蚩蚩：无知、痴愚的样子。

④徒：白白地。

⑤或：表示另外一种选择。

孙芝房侍讲刍论序

咸丰九年三月，善化孙芝房侍讲鼎臣，以书抵余建昌军中，寄所为《刍论》，属为裁定。凡二十五篇，曰论治者六，论盐者三，论漕者三，论币者二，论兵者三，通论唐以来大政者七，论明赋饷者一。其首章追溯今日之乱源，深咎近世汉学家言，用私意分别门户，其语绝痛。明年四月，复得芝房书，则疾革告别之词，而芝房以三月死矣！既为位而哭，且以书告仁和邵君懿辰。于是为叙诸简首，而归诸其孤。

盖古之学者，无所谓经世之术也，学礼焉而已。《周礼》一经，自体国经野，以至酒浆廛市[①]、巫卜缮橐、夭鸟蛊虫，各有专官，察及纤悉[②]。吾读杜元凯《春秋释例》，叹丘明之发凡，仲尼之权衡万变，大率秉周之旧典。故曰："周礼尽在鲁矣！"自司马氏作史，狠以《礼书》与《封禅》、《平准》并列。班、范而下，相沿不察。唐杜佑纂《通典》言礼者居其泰半，始得先生经世之遗意。有宋张子、朱子，益崇阐之。圣清膺命[③]，巨儒辈出。顾亭林氏著书，以扶植礼教为己任。江慎修氏纂《礼书纲目》，洪纤毕举。而秦树沣氏遂修《五礼通考》，自天文、地理、军政、官制，都萃其中。旁综九流，细破无内。国藩私独宗之，惜其食货稍缺，尝欲集盐漕、赋税国用之经，别为一编，传于秦书之次。非徒广己于不可畔岸之域，先圣制礼之无不赅，固如是也。以世之多故，握椠[④]之不可以苟！未及事事，而齿发固已衰矣！

往者汉阳刘传莹茮云，实究心汉学者之说，而疾其单辞碎义，轻笮宋贤。间尝语余："学以反求诸心而已，泛博胡为？至有事于身与家与国，则当一一详核焉而求其是。考诸室，而市可行，验诸独而众可从。"又曰："礼非考据不明，学非心得不成。"国藩则大韪之，以为知言者徒也。未

几，莱云即世。临绝为遗令处分后事，壹秉古礼。国藩既铭其墓，又为家传，粗道汉学得失、主客之宜，藏诸刘氏之祜。

  君子之言也，平则致和，激则召争。辞气之轻重，积久则移易世风，党仇讼争而不知所止。曩者良知之说，诚非无蔽；必谓其酿晚明之祸，则少过矣。近者汉学之说，诚非无蔽！必谓其致粤贼之乱，则少过矣。《刍论》所考诸大政，盖与顾氏、江氏、秦氏之指为近。彼数子者，固汉学家所奉以为归者也。而芝房首篇，讥之已甚。其果有剖及毫厘千里⑤者耶？抑将愤夫一、二巨人长德，曲学阿世，激极而一鸣耶？芝房之志大而锐进也，与莱云同。其卒也，寄书抵余，以告永诀，亦与莱云同。其自《刍论》外，别有诗十卷，文十一卷，《河防纪略》四卷。著书之多与莱云异，而其博观而慎取则同。其嫉夫以汉学标揭也亦同，而立言少异。余故稍附诤论，以明不忍死友之义，亦以见二子者之不竟其志，非仅余之私痛也。

注释：

①廛市：廛读"chán"。意为商肆集中之处。

②纤悉：细微详尽。

③膺命：接受天命。

④握椠：椠读"qiàn"，古代书写的木板。比喻勤于书写、校勘。

⑤毫厘千里：由于极小的失误而造成巨大的差错。

林君殉难碑记

呜呼，自余倡率楚师转战荆、扬二州之域，其间相从死事者，不可胜道。或贞白无他，誓不相背弃，而慷慨一暝，志不得少伸，名不襮于当世，爰之而莫能收焉者，尤可悲也！

林君源恩，字秀三，四川达州人。道光丁酉科拔贡生，癸卯顺天乡试举人。咸丰元年，选湖南平江县知县。二年，粤贼洪杨之属围长沙。其冬，浏阳匪徒为乱。明年春，通城匪徒为乱。三县者，皆与平江壤接。君诘奸①守隘，如防御水，截然不得蜇溢。江忠烈公才君之为，既保奏以同知直隶州补用，又以书播告士友，道林君堪军旅也。会国藩治舟师，檄君募平江勇五百人以从。四年三月，贼自鄂中南犯，君御之平江九岭，果大捷。同官有忌君者，功不得叙，又别撼他事中之。君悒悒②内不能堪，而口独重滞。尝发愤欲一廷辨，宿戒，设辞甚具。至则为众所噤害，卒不得发。或反引咎自责。是岁十月，追随国藩于九江军次，造次欲有所申理，亦不竟白也。明年春，檄君治湘军粮台，归自广信。又治塔军门忠武公粮台，又佐理鄱湖水师营务。十一月，又摄理陆军于庐山之麓，姑塘之南。而江西巡抚文公，闻君贤，飞檄调至南昌，付以所新募之平江营者。君在庐山，与一、二武人为俦，折节内交，武人益不逊。嫚辞侵侮，或称"书生跬步蹇蹇③，焉知战事？"君既痛其犷，又口重滞，卒无以折之。独夜叹曰："丈夫壹死强寇耳，终不返顾矣！"及至南昌领新军，乃稍自喜。

是时，剧贼石达开犯江西，连陷八府五十余州县。六年丙辰三月，李元度次青率师自湖口南来，君与邓辅纶弥之自南昌而东。两军会于抚州，叠战皆捷，人心始定。贼亦纠合列郡丑类，更番搦战，我军辄却之。又至，又大创之。疲极，不得休息。秋九月，分军出攻崇仁、宜黄，适会援贼大

至，君竟以十七日战败，死之。

　　始君尝诫其下曰："好相保！吾与若共命于兹也！"至是，众知君不屈，相从死者三百余人。君殁二岁，咸丰八年四月，官军克复抚州。又明年，国藩师次于此，吊君殉难之所。寻逝者之白骨，邈然④其不可复识矣！于是为立石以表遗迹。缀以铭诗，以告于不知纪极之世之一二君子，以达余之耿耿。铭曰：

　　胡石胡今，强吞弱伏。佞者刀椹，讷者鱼肉。文吏贼深，武夫悍激。讷者避之，负墙屏息。忽入战场，万马瞿易。士固难料，理固难推，灾祥显晦，孰执其机？昔闻人述，言出君口："我不知战。但知无走。"平生久要，临难不苟。大信不盟，坚可锲金。浇俗所侮，鬼神所钦。精魂远矣，北斗帝乡。遗骨莫辨，蔓草⑤茫茫。有欲求之，环此石旁。

注释：

①诘奸：究办、奸盗。

②悒悒：忧郁。积滞郁结。

③瞿瞿（jué jué）：惊恐四顾，急切。

④邈然：遥远、高远，茫然。

⑤蔓草：蔓生的杂草。

湖口县楚军水师昭忠祠记

　　咸丰八年七月，国藩将有事于浙江。道出湖口，广东惠潮嘉道彭君雪琴，方庀局鸠工①，建昭忠祠于石钟山，祀楚军水师之死事者，告余具疏上闻。八月疏入，报可。明年七月，国藩将有事于四川，再过湖口。则祠工已毕，祀营官萧节愍公捷三以下若干人。后楹祀勇丁若干人。其东为浣香别墅，前曰听涛眺雨之轩，后曰芸芍斋。斋后傅以小亭，曰且闲亭。亭下有小池，度梁而南。穿石洞，东出，曰梅坞。迤西少陟山，曰锁江亭。其西绝高，曰观音阁，阁外曰魁星楼，僧徒居之。又西曰坡仙楼，刻苏氏《石钟山记》其上。凭高望远，吐纳万景；一草一石，焕然增新矣。

　　当楚军水师之初立也，造舟始于衡阳，大战始于湘潭。其后克岳州，下武昌，大破田家镇。今福建提督杨君厚庵与雪琴暨诸君子喋血于狂风巨浪之中，燔逆舟以万计，转战无前，可谓至顺。其后，官军深入彭蠡之内，贼乘水涸，大塞湖口，遏②我舟使不得出。于是水师有外江内湖之分。内者守江西，外者援湖北，骤然③若割肝胆，而判为楚、越，终古不得合，并至咸丰七年九月，攻克湖口，两军复合。盖相持三年之久，死伤数千人之多，仅乃举之。

　　方其战争之际，炮震肉飞，血瀑石壁；士饥将困，窘若拘囚；群疑众侮，积泪涨江，以求夺此一关而不可得，何其苦也！及夫祠成之后，祼荐鼓钟，士女瞻拜；名花异卉，旖旎④啾瑢；江色湖光，吸呼万里。旷然若不复知兵革之未息者，又何乐也？时乎安乐，虽贤者不能作无事之颦蹙；时乎困苦，虽达者不能作违众之欢欣。人心之喜戚，夫岂不以境哉！吾因是而思夫豪杰用兵，或敝⑤一生之力，掷千万人之性命，以争尺寸之土，不得则郁郁以死者，宁皆忧斯民哉！亦将以境有所迫，而势有所劫者然也。若夫

喜戚一主于己，不迁于境，虽处富贵贱贫，死生成败而不少移易，非君子人者，而能庶几乎？余昔久困彭蠡之内，盖几几不能自克。感彭君新构此祠，有登临览观之美，粗为发其凡焉。

注释：

①鸠工：聚集工匠。

②遏：制止、阻止。

③骤然：疾速、突然。

④旖旎：本为旌旗随风飘扬的样子。后多形容柔美、婀娜多姿的样子。

⑤敝：破旧，坏。

武昌张府君墓表

  君讳以诰，字兢安，号经圃，湖北武昌人。生而祗慎①鞠躬，容仪几几②。与人无疏戚，必先遂其所好而后己以听之。所遇和顺，则曰："彼实宥我，余非能善此。"不顺，或有曲艰隐抑，则曰："我之咎也。彼何罪？"即非礼相加，尤不肖，益泊然避之。即严事我，尤卑贱，尤磬折，与之钧等。远近从之者，洎未尝见其有所抵触拂戾③也。

  曾祖斯锟。祖维沧，国子监生。考本用，岁贡生，广济县学训导。训导君既以能文鸣于时。生二子，长曰以谟，成嘉庆戊辰进士。君以少子承父兄之业，折节力学，尤善为制举之文。每构一篇，目营四海，精骛九天之上，不可得而究也。徐而洗心冥默，若无可言。往往凿险钩深④，归诸平淡，无有窕声曼色。坐是屡摈于有司、君亦不少变，以求速化。其为之益勤。自《七经》、《孟子》，下逮有宋诸儒者之说，莫不钻研。以是泽其文，训其徒友，亦以是行之于宗族乡党。里有贫不能举婚丧者，别差等周之。宿负逋租，无多寡壹蠲之。乞人有强暴者，群乞拥之山中，将椎杀之。一人寤曰："此张某家墓地也，张公长者，无以讼事污累长者。"相与徙之他所，主者果大困。于是识者叹君之德感及顽族矣。

  道光四年八月望日，以疾卒，春秋六十有三。配余孺人。子二：善镛，县学生；善准，岁贡生。孙成，县学生；裕铭、裕钧县学廪生；裕镇、裕钊道光丙午举人。诸子孙皆以文行绍其家学，而裕钊贤而能古文。日昌大不可量。君以道光十七年三月壬辰，葬于大冶县杉木桥东之张家山，凡廿二岁。咸丰九年，裕钊致父之命，乞余表其墓。

自制科以《四书》文取士，强天下不齐之人，一切就琐琐⑤者之绳尺，其道固已隘矣。近世有司，乃并无所谓绳，无所谓尺。若闭目以探庾中之豆，白黑大小，惟其所值。士之蓄德而不苟于文者，将焉往而不黜哉？余为述一二，以彰君之懿行，亦深讯当世君子。有衡文取士之责者，尚知警焉。

注释：

①祗慎：敬重、敬慎。

②几几：几许。

③拂戾：违逆。拂，掸去。戾，暴恶。

④凿险钩深：遥远、高远，茫然。

⑤琐琐：繁琐细小。

翰林院庶吉士遵义府学教授莫君墓表

君讳与俦,字犹人,一字杰夫,贵州独山人。先世居江南上元县。有名先者,明弘治时,从征都匀苗,因留守家焉。三传至如爵,累官①游击,君高祖也。祖嘉能,考强,州学附生。两世皆以君贵,敕封文林郎,翰林院庶吉士。妣皆封孺人。

君少随兄与班读书发闻。兄没,持期服不与有司之试。旋以州学廪生,中嘉庆三年举人。明年己未,成进士,改翰林院庶吉士,为纪文达公及洪编修亮吉所器异。六年,散馆,改知县,署四川茂州事,徙盐源县知县。县俗,富人好买无征之田,贫人鬻②产,售九存一,仍输全赋,久辄逃亡。君按籍责赋富人,而赏其隐占之罪。河西有宁远子税所,府隶横征。君上言税所非经病民,得裁去。木里喇吗左所有山,产银铜。郡守徇奸民之求,请布政司符县开矿。君持不可。上状,以为木里喇吗去盐源且二千里,朝廷特羁縻③之,非真利其土也。彼土莜粮,不足于食。朝定开厂,暮聚万人,运夫倍之。不幸矿炉寡耗,众散为盗,非土司受其殃,则吾蜀承其敝。且奸民所呈地图,开矿去左所经堂甚远。今得左所人讯之,铜矿得十分二银者,即经堂山也。贪小利,贾大衅,事诚不便。"大吏韪君状,檄君往左所覆勘。春暮,铲雪而行。至则矿山者果在其经堂右。其众严兵以待。既瞻君貌,又聆温语,乃皆解甲罗拜:"谢使君幸奠我居,世世不敢忘行事。"县令入土司境,户率钱二百五十,杂市鸡豚百物。居有供,行有馈。君尽却其物,又悬之禁。比还,老幼遮道献酒。其酋项克珠进铜佛为寿,填咽苦不得前。由是举治行卓异,政以大成。充甲子科邻试同考官。以父忧去职。服阕,母张太孺人年七十余矣,遂以终养请。凡事母十有四年,入则牵衣索枣,听于无声;出则生徒云从,多文而栗。

既除母丧，吏部檄之复起。君北行，至襄阳，叹曰："吾壮也，犹不能枉道事人，今能老而诡随耶？"立归，请改教职，选遵义府学教授。遵义之人习闻君名，则争奏就而受业。学舍如蜂房，又不足，乃僦居④半城市。旦暮进诸生而诏之："学以尽其下焉者而已，上焉者听其自至可也。程朱氏之论，穷神达化，乃不越洒扫、应对日用之常。至六艺故训，则国朝专经大师，实迈近古。其称《易》惠氏，《书》阎氏，《诗》陈氏。《礼》江氏，《说文》诂释，有段氏、王氏父子。"盖未尝隔三宿不言，言之未尝不津津；听者虽愚滞，未尝不恰如旱苗之得膏雨也。久之，门人郑珍与其第五子友芝，遂通许、郑之学，充然西南硕儒矣。

道光二十一年七月二十二日，卒官，春秋七十有九。将绝，戒曰："贫不能归葬，葬吾遵义可也。"其明年十二月二日，葬县东青田山。配唐氏，继配李氏。子九人：长希芝；次殇；次方芝，州学增生；秀芝；友芝，辛卯科举人；庭芝，拔贡生；瑶芝；生芝，州学附生；祥芝，湖南候补县丞。女七人，孙十一人，曾孙五人。君所为书有：《二南近说》四卷，《仁本事韵》二卷。诗文杂稿为族子携至广西，佚去。友芝掇辑，编为四卷。友芝又别记君言行为《过庭碎录》十二卷。既葬十有八年，友芝以书抵国藩，乞为文表其墓。

当乾隆之季，海内矜言考据，崇尚实事求是之说，号曰"汉学"。嘉庆四年，仁宗亲政，大兴朱文正、仪征阮文达，以巨儒为会试总裁。是科进士如姚文田秋农、王引之伯申、张惠言皋闻、郝懿行兰皋，皆以朴学播闻中外。科目得人，可云极盛。君于是时寂寂无所知名。及君出而为吏，恩信行于异域；退而教授，儒术兴于偏陬⑤。校其所得，与夫同年生之炳炳者，孰为多寡，未易遽定也。余为表章一二，士之孤行而忧无和者，可自壮也。

注释：

①累官：积功升官。

②鬻（yù）：卖。

③羁縻：控制，拘禁，约束。

④僦居：租屋而居，所租之屋。

⑤偏陬：偏远之地。

何君殉难碑记

呜呼！军兴十载，士大夫君子横死者多矣！独吾友何君丹畦，尤深痛不忍闻。自近古以来，未有行善获祸如是之烈者也。岂不悲哉！

君以咸丰四年五月，由翰林院侍讲、上书房行走，出为安徽宁池太广兵备道。时则安庆暨滨江府县沦没贼中，庐州新立行省，亦陷于贼。副都御史袁公军临淮，提督和公、巡抚福公，军庐州。君当之官，不克南渡。袁公欲资君以兵，西会楚师。福公亦具疏，留君江北，檄君募勇出征。公私匮乏，沮伤百端①。最后得二百余人，率之以西。至霍山，征集溃兵团勇三千余人。推诚奖励，遂以十月二日，大破捻匪李兆受于城东，追至麻埠。又五日，至流波硇，檄商城、固始，团练堵其北，金家寨团丁御其东，而自率所部遏其西。捻党汹惧，李兆受与马超江等相继投诚。挺散胁从，远近大说。环三四县，皆输猪、鸡、糇粮、金钱之属，声终宵不绝。

先是，大府帅檄君救援庐江。檄未至，而城先陷。至是，奉被劾革职之命，军士怀不能平，虽百姓亦悯悯②也。方楚师之出岳州而东也，克武昌，下黄州，破田家镇，水陆电迈，席卷千里。其后，塔齐布、罗泽南两军由黄梅南渡，以围九江。贼循北岸而上，复陷蕲黄，窜武汉。自长淮以南，天柱内外，所在峰屯。君以孤军流离，西与楚师不相闻，东与庐州大府隔绝，朝不谋夕，啮指誓众。

五年正月，进攻蕲水，克之。又分军克复英山，又歼剧贼田金爵。大府帅以君西征有效，疏令留驻英山。君出师至是，凡八阅月，仅支现银三百两。士卒及民团相从者，增至三千人，又益以李兆受新降之众，无以为食。居无帐幕，雨无薪材，郭无居民，远近无援，伤亡无以为恤，始什人赋面一斤，继而削减半之，既又半之。而贼来益盛，日提饥卒，转战不得休。五月十二日，军败徒行泥淖中，乡民或哀而进食。君虽强自振厉，然惫甚。瘰癗发体，气亦少馁矣。李兆受者故反侧持两端，感君忠勤，不忍遽背负。绝粮既久，怪君无以活之，意望甚。又同时降人马超江为匪徒所杀，怨官不能捕诛以抵罪也，则大戚，议为超江复仇，设位受吊，捻党毕集。于是安徽、河南两省皆以兆受复叛入告，而县令亦悬赏购兆受头千金。兆受益不自安，匍伏诣君，自陈无他。君抚慰，稍稍绥定矣，会大府帅有密书抵君，教以图翦③叛贼，毋后人发。为兆受所得，遂阳为置酒高会，而伏兵戕君于英山之小南门。遗骸残毁，同遇难者四十七人。咸丰五年十一月初三日也。

　　君讳桂珍，字丹畦，云南师宗人。道光甲午科举人，戊戌进士，翰林院编修，丙午提督贵州学政。旋晋侍讲，入直上书房。数抗疏陈军事得失，推本君德。又采朱子真西山大学之说，傅以己意，引申条例，手缮成帙，随疏奏进。君之意，尝以为圣人者无不可为，功无不可就，独患人不自克，不能竭其心与力之所竟耳。及君出而莅事④，饥饿经年，而百战不息。倘所谓自克者耶？竭吾心与力而不遗者耶？卒其获祸如是之烈，而或不免身后之余责。然则为善者何适而不惧哉？咸丰十年，国藩屯军江北，询君患难驰驱之所，乃立石英山，缀以铭词，俾来者有考焉。铭曰：

　　饥寒逼身，难顾廉耻。圣主不能安其民，慈母不能抚其子。况于揭竿乌合之徒，亡命归诚之始；倏顺忽逆，朝人暮豕。封豕负途，积疑张弧；锯牙钩爪，殪⑤我闵儒！赤舌烧城，死有余议；群毁所归，天地易位。悠悠之口，难可遽胜。我铭诸石，少待其定。上讯三光，下讯无竟。

注释：

①沮伤百端：多种多样的挫伤。

②惘惘：追遽而无所适从。

③翦：同"剪"。

④莅事：视事，处理公务。

⑤殪（yì）：杀死。

《经史百家杂抄》[①]题语[②]

姚姬传氏之纂古文辞，分为十三类。余稍更易为十一类：曰论著，曰词赋，曰序跋[③]，曰诏令，曰奏议，曰书牍，曰哀祭，曰传志，曰杂记，九者，余与姚氏同焉者也。曰赠序，姚氏所有而余无焉者也。曰叙记，曰典志，余所有，而姚氏无焉者也。曰颂赞，曰箴铭，姚氏所有，余以附入词赋之下编。曰碑志，姚氏所有，余以附入传志之下编。论次微有异同，大体不甚相远，后之君子，以参观焉。

村塾古文有选《左传》者，识者或讥之。近世一、二知文之士，纂录古文，不复上及六经以云尊经也。然溯"古文"所以立名之始，乃由屏弃六朝骈俪之文而返之于三代两汉。今舍经而降以相求是，犹言孝者，敬其父祖而忘其高曾；言忠者曰我家臣耳，焉敢知国，将可乎哉？余钞纂此编，每类必以六经冠其端。涓涓之水，以海为归，无所于让也。

姚姬传氏撰次古文，不载史传。其说以为史多不可胜录也。然吾观其奏议类中，录《汉书》至三十八首，诏令类中，录《汉书》三十四首，果能屏诸史而不录乎？余今所论次，采辑史传稍多。命之曰《经史百家杂抄》云。

注释：

①《经史百家杂抄》：是湘乡派古文宣言。它针对的是姚鼐古文选本《古文辞类纂》，意在补其不足。

②题语：即解释说明书题的语句。

③序跋：文体名。序与跋的合称。序也作"叙"，或称"引"，一般说明书籍著述或出版宗旨等。"序"、"跋"体例大致相同，合称"序跋文"。

《经史百家简编》序

　　自六籍燔①于秦火，汉世掇拾残遗，征诸儒能通其读者，支分节解，于是有章句之学。刘向父子，勘书秘阁，刊正脱误，稽合同异，于是有校雠②之学。梁世刘勰、钟嵘之徒，品藻诗文，褒贬前哲，其后或以丹黄识别高下，于是有评点之学。三者皆文人所有事也。前明以四书、经艺取士，我朝因之，科场有勾股点句之例。盖犹古者章句之遗意。试官评定甲乙，用朱墨旌别其旁，名曰圈点。后人不察，辄仿其法以涂抹古书，大圈密点，狼籍行间。故章句者，古人治经之盛业也，而今专以施之时文圈点者，科场时文之陋习也，而今反以施之古书。末流之迁变，何可胜道！惟校雠之学，我朝独为卓绝。乾嘉间巨儒辈出，讲求音声故训校勘疑误，冰解③的破，度越前世矣。

　　咸丰十年，余选《经史百家》之文，都为一集。又择其尤者四十八首，录为简本，以诒余弟沅甫。沅甫重写一册，请余勘定。乃稍以己意分别节次句绝而章乙之，间亦厘正其谬误，评骘④其精华，雅与郑并奏，而得与失参见。将使一家昆弟子侄，启发证明，不复要途人而强同也。

注释：

①燔：烧，烧灼。

②校雠：校勘，校对。

③冰解：冰化成水。

④骘（zhì）：排定。

箴言书院记

　　国藩以道光戊戌通籍于朝，湘人官京师者，多同时辈流。其射策先朝，耆年宿望，凋散略尽。而少詹事益阳胡云阁先生，独为老师祭酒。乡之人就而考德稽疑①，如幽得烛，众以无隙。而哲嗣润之，亦以编修，趾美名父，回翔馆阁。今兵部侍郎、湖北巡抚，海内称为宫保胡公者是也。

　　少詹君晚而纂《弟子箴言》十四卷，国藩实尝受而读之。自洒扫应对，以暨②天地经纶，百家学术，靡不毕具。甄录古人嘉言，衷以己意，辞浅而指深，要使学者自幼而端所习，随其材之小大，董劝渐摩，徐底于成而已。

　　窃尝究观夫天之生斯人也，上智者不常，下愚者亦不常，扰扰万众，大率皆中材耳。中材者，导之东而东，导之西而西；习于善而善，习于恶而恶。其始懵焉无所知识；未几而骋耆欲，逐众好。渐长渐贯，而成自然，由一二人以达于通都，渐流渐广，而成风俗。风之为物，控之若无有，鳛③之若易靡；及其既成，发大木，拔大屋，一动而万里应，穷天人之力，而莫之能御。先王鉴于此，欲民生畜慎所习，于是设为学校以教之：琴瑟鼓钟以习其耳，俎豆登降以习其目，诗书讽诵以习其口，射御投壶以习其筋力，书升以作其能，而郊遂以作其耻。故其高材，则道足济天下，而智周万汇。其次，亦尚不失为圭璧④自饬之士。贾生有言："习与正人居之，不能毋正，犹生长于齐不能不齐言也。"其不然欤？

　　侍郎自开府湖北以来，即以移风易俗为己任。自部曲之长，郡县之吏，暨百执事，片善微长，不敢自襮，而褒许随之。曰："尔之发见者微，而善端宏大，不可量也。"或有过差，方图盖覆，谴亦及之。曰："此犹小眚过，是诛罚重矣。"与其新，不苛其旧；表其独，不遗其同。上下兢兢，日有课，月有举，当世唯湖北人才极盛。侍郎则曰："吾先人箴言中，育才之法如此。吾讵能继述直什一耳。"咸丰十年，侍郎治鄂六载矣，功成而化洽，又以一湖之隔，吾教成于北，而反遗吾父母之邦，其谓我何？于是建箴言书院，将萃益阳之士，而大淑之。置良田以廪生徒，储典籍以馈孤陋。宽其涂辙，而严其教条。崇实而黜华，贱通而尚介。循是不废，岂惟一邑之幸！即汉之十三家法，宋之洛闽渊源，于是乎在。

后有名世者出，观于胡氏父子仍世育才，肫肫⑤之意，与余小子慎其所习之说，可以兴矣。

注释：

①稽疑：泛指考察疑事。

②暨：和、及、与。

③鰌（qiū）：同"遒"，紧迫，引申为箝制。

④圭璧：古代帝王、诸侯祭祀或朝聘时所用的一种玉器。泛指贵重的玉器。

⑤肫肫（zhūn zhūn）：诚恳。

刘忠壮公墓志铭

君讳松山,字寿卿。少而沈雄豁达,通晓家人生事。亲长称誉,以谓"足昌吾门"。

咸丰壬子、癸丑之间,粤贼度岭北犯,围长沙,陷武昌。吾邑二三贤俊,召募丁壮,激扬家声,毅然有讨贼之志。君实隶王壮武公鑫部下,号曰"老湘营"。转战湖南、湖北、江西诸省,历有名绩。王公既殁,则从张忠毅公运兰战于江西饶信诸郡,追余寇于闽边,别击逆党于广东、广西。才望日彰①,超越辈流矣。

咸丰十年,余檄老湘军及鲍超之师,防剿宣、歙,攻牢保危。喋血二年,始克徽州、宁国两府。张忠毅以疾归里,君乃与易紫桥,分领老湘营之半。自持枢柄②,坚守宁国、泾县等城。屡却巨敌,以底③于江浙大定。

同治四年,国藩奉命攻讨捻贼。捻贼者,始于安徽、河南,而蔓延于秦、楚、燕、齐者也。其叛乱稍后于粤匪,而枭悍④略同;其步队少于粤匪,而骁骑逾万,剽疾过之。湘中士卒,惯战江滨,未习车骑驮运之劳,不乐北征。奖之而不劝,痛之而不服。君独感奋请前,部卒不愿北渡者,杀数人而事定。师至临淮,易紫桥病归。

定安谨按:公此文系壬申岁正月作,属稿仅三百馀字。病发辍笔,距易簹时仅数日耳。文虽未完,不敢轻废,谨依原稿录出,以见珍重手泽⑤之意。

注释:

①日彰:日益显露。

②枢柄：中枢的权柄；谓中心要领。

③厎：同"抵"到达。

④枭悍：骁勇强悍。

⑤手泽：先人手汗沾润。借指先人的遗物。

诗集

百代留芳之雅

里胥①

牛羊忽窜突，村社杂喧豗。昨闻府牒下，今见里胥来。
召募赴戎行，羽檄驰如雷。后期不汝宥，行矣胡迟回！
老妪锤胸哭，哭声亦何哀！龙钟六十馀，伶仃惟一儿。
弱小不识事，黄犊母之随。筋力倘可食，或免一家饥。
薄命不足惜，儿去伤永离。老妪泣未阕，老翁跪致辞：
"王事亦云棘，妇人那得知！蝼蚁穴寸土，自荷皇天慈。
天威有震叠②，小人敢疑猜。贫者当敌忾，富者当输财。
便当遣儿去，不劳火急催。所愧无酒食，与吏佐晨炊。"
贫者勉自效，富者更可悲。隶卒突兀至，诛求百不支。
蒨蒨③纨袴子，累累④饱鞭笞。前卒贪如狼，后队健如羆。
应募幸脱免，倾荡无馀资。吁嗟朝廷意，兵以卫民为。
守令慎其柄，无使胥史持！此辈如狐鼠，蓁蓁⑤肆恣睢。
聊为逌人徇，敢告良有司。

注释：

①里胥：古代管理乡里事物的公差，指里长。

②震叠：震动，恐惧。

③蒨蒨（qiàn qiàn）：鲜明，鲜艳，茂盛。

④累累：连续成串，颓丧的样子。

⑤蓁蓁：茂盛的样子，集聚的样子。

岁暮杂感十首

芒鞋镇日踏春还，残腊将更却等闲。三百六旬同逝水，四千馀里说家山。
缁尘①已自沾京雒，羌笛何须怨玉关。为报南来新雁到，故乡消息在云间。

高嵋山下是侬家，岁岁年年斗物华。老柏有情还忆我，夭桃无语自开花。
几回南国思红豆，曾记西风浣碧纱。最是故园难忘处，待莺亭畔路三叉。

莽莽寒山匝②四围，眼穿望不到庭闱。絮漂江浦无人管，草绿湖南有梦归。
乡思怕听残漏转，逸情欲逐乱云飞。敬从九烈神君诉，游子于今要换衣。

去年此际赋长征，豪气思屠大海鲸。湖上三更邀月饮，天边万岭挟舟行。
竟将云梦吞如芥，未信君山划不平。偏是东皇来去易，又吹草绿满蓬瀛。

纷纷节候尽平常，西舍东家底事忙？十二万年都小劫，七千馀岁亦中殇。
蜉蝣身世知何极，胡蝶梦魂又一场。少昊笑侬情太寡，故堆锦绣富春光。

韶华弹指总悠悠，我到人间廿五秋。自愧望洋迷学海，更无清福住糟邱。
尊前瓦注曾千局，脚底红尘即九州。自笑此身何处著，笙歌丛里合闲游。

为臧为否两蹉跎，搔首③乾坤踏踏歌。万事拼同骈拇视，浮生无奈茧丝多。
频年踪迹随波谲，大半光阴被墨磨。匣里龙泉吟不住，问予何日斫蛟鼍④。

旧雨曾遗尺鲤鱼,经年不报意何如?自从三益睽违久,学得五君世态疏。碧树那知离别憾,青灯偏照故人书。殷勤护惜金炉鸭,香火因缘付与渠。

拟学坡公馈岁诗,花笺何处寄相思?阳和未老貂先敝,暖气初回鸟竟知。游子情怀随地远,天家雨露及时施。小儒莫献升平颂,幸傍龙楼睹上仪。

鼕鼕⑤岁鼓走轻雷,竹马儿童彩戏才。仙仗九重围雾住,宫花一万锁烟开。迷离佳气从空绕,不断狂香拂面来。我比春风尤放荡,长安日日聘龙媒。

注释:

①缁尘:黑色灰尘。常喻尘世污垢。

②匝:环绕,满。

③搔首:以手搔头。焦急或有所思。

④蛟鼍(jiāo tuó):指水中凶猛的鳄类动物。

⑤鼕鼕(dōng dōng):一种快速而有节奏的击鼓声。

寄郭筠仙浙江四首

一病多劳勤护惜，嗟君此别太匆匆。二三知己天涯隔，强半光阴道路中。兔走会须营窟穴，鸿飞原不计西东。读书识字知何益？赢得行踪似转蓬①。

碣石逶迤起阵云，楼船羽檄日纷纷。螳螂竞欲当车辙，髋髀②安能抗斧斤？但解终童陈策略，已闻王歙③立功勋。如今旅梦应安稳，早绝天骄荡海氛。

无穷志愿付因循，弹指人间三十春。一局楸枰虞变幻，百围梁栋藉轮囷。苍茫独立时怀古，艰苦新尝识保身。自愧太仓縻④好爵，故交数辈尚清贫。

向晚严霜破屋寒，娟娟纤月倚檐端。自翻行箧⑤殷勤觅，苦索家书展转看。宦海情怀蝉翼薄，离人心绪茧丝团。更怜吴会飘零客，纸帐孤灯坐夜阑。

注释：

①转蓬：随风飘转的蓬草。
②髋髀：胯骨与股骨。比喻互相勾结、势力强大的诸侯王。
③歙（xī）：同"翕"，合洽。
④縻：捆，拴。
⑤行箧：旅行用的箱子。

杂诗九首

早岁事铅椠①，傲兀②追前轨。张网挈陬维③，登山造岌峩。
述作窥韩愈，功名邺侯拟。三公渺如豨，万金眄如屣。
肠胃郁千奇，不敢矜爪觜。稍待兰蕙滋，烈芬行可喜。
岂期挝驽骀，前驱不逾咫！滔滔大江流，年光激若矢。
春秋三十一，顽然亦如此。染丝不成章，橘迁化为枳。
壮盛百无能，老苍真可耻。樗散吾所甘，多是惭毛里。

西山何郁郁，白日驰昭昭。六街净如练，双阙凌神霄。
沉沉府中居，员井镂琼瑶。罘罳周四角，窗雾漾鲛绡。
公子盛文藻，九陌鸣金镳。群从袂成幄，掠风马蹄骄。
红烛舞绛雪，会宴皆金貂。朝餐罗鲭鲤，晚衙沸笙箫。
今夕既相酢，明日还见招。天高地则厚，何事不逍遥！

手鞔不烘燂，足跰不趋径。问我何自苦，我歌君且听！
激湍无驻波，止水光凝凝。榱栋与槫栌④，岂曰非天定！
束蒿代虹梁，于道未为称。朝菌濡浓露，夭夭不及暝。
适意一须臾，骨朽犹诟病。可怜繁华子，醉梦几时醒？
炫妆岂无服，自媒羞妾媵。已矣吾何营，闭户览明镜。

伤禽悲弦声，游鱼惊月影。丈夫贵倔强，女子多虚警。
强弧有时弛，夷途有时梗。飓风扬海涛，潮平已复静。
君子别有忧，众人恐未省。

霜落万瓦寒，天高月浩浩。美人在何许？相思心如捣。
我昔觌美人，对面如蓬岛。神光薄轩墀，朱霞荡初晓。
彩凤仪丹霄，顾视无凡鸟。意密恩还疏，微诚不敢道。
贻我彤管炜，粲兮希世宝。可怜金屋恩，长门闷秋草。
谣诼日以多，觏闵⑤曾不少。宠眷难再得，蛾眉行衰老。
区区抱私爱，夜夜祝苍昊。

天鸡鸣半夜，六合未清晓。乌鹊鸣向晨，羽毛夸矫矫。
一旦金丸惊，戢翼喑百鸟。鸱鸮流恶声，万方忧集蓼。
清蝇鸣棘樊，缪彰复虚晶。闲鸣百无补，嗟尔秦吉了。
蟋蟀草间鸣，乱人徒扰扰。

入门忽悦悦，出门复皇皇。嗟我素心人，各在天一方。
庸天厌鼎食，谊士谋糟糠。奔走遍天下，归去仍空囊。
秋老江湖阔，何以慰凄凉？勿劳我之思，我今足稻粱。
所忧非所职，所乐殊未央。日暮登高邱，四顾何茫茫。
落叶东南飞，孤雁西北翔。思君不得觏，惨淡咏斯章。

松柏翳危岩，葛藟相钩带。兄弟非它人，患难亦相赖。
行酒烹肥羊，嘉宾填门外。丧乱一以闻，寂寞何人会？
维鸟有鹡鸰，维兽有狼狈。兄弟审无猜，外侮将予奈！
愿为同岑石，无为水下濑。水急不可矶，石坚犹可磕。
谁谓百年长，仓皇已老大！我迈而斯征，辛勤共粗粝。
来世安可期？今生勿玩愒！

谁能烹隽燕？我愿燎桑薪；谁愿钓巨鳌？我愿理其纶。

南涧芼苹藻，可以羞鬼神。大材与小辨，相须会有因。嗟余不足役，岂谓时无人！

注释：

①铅椠：古人书写文字的工具，亦指写作、文章。

②傲兀：傲岸。

③陬维：边隅，角隅。

④欂栌（bó lú）：指斗栱。

⑤觏闵（gòu mǐn）：遭忧，遭灾。

送凌九归

白日杲杲①黄埃飞，君胡少住遽言归！万族由来各有托，借问君心何处着？自言暂归奉晨昏，温席不暖还出门。丈夫生世会有适，安能侧身自踢躇②。南箕北斗徒虚名，东走西顾知何益！磬折已觉素心违，璞献③况逢俗眼白！要将万舞夸辉光，肯为两言求恩泽？皇天畀我非不丰，平生长策能固穷。一饱那争鸡鹜食？万事从付马牛风。君家才望人所艳，兄弟纵横两龙剑。霜蹄暂教长板蹶，云藻终向天庭掞。即今归去慎勿稽，岁时努力谋盐齑④！彩衣好娱老莱母，椎髻⑤尚有梁鸿妻。我亦屡寻还乡梦，年年送人颇自讽。送君无酒为君歌，杨花如海奈愁何！

注释：

①杲杲：明亮的样子。

②踢躇：形容谨慎恐惧的样子。

③璞献：指献玉。

④盐齑（yán jī）：比喻坚持过清贫淡泊的生活。

⑤椎髻（zhuī jí）：椎，构成高等动物背部中央骨柱的短骨。髻，结网，结绳。

送吴荣楷之官浙江三首

读书三十年，今来始一试。自抱轮囷材，构厦随所置。
世人苦寒俭，舞袖先择地。斤削不能迁，罂盎①各自器。
君子储百用，多藏如列肆。深厉与浅揭，所向皆如志。
君本青云士，摩空排健翅。置之承明庐，枚马当偃帜。
才多厌闲散，翩然去作吏。方今清华秩，骈拇仅云备。
不如膺专城，张弛从吾意。观鱼莫结网，网过酷于饵。
治丝莫求多，绪多乱神智。圣朝沦洽恩，畖滋实渐被。
可怜蚩蚩氓，惸惸②还好义。愿君恺弟思，随时劳抚字。

西湖吾未到，梦想若遇之。荷花夏如海，当春万柳垂。
秋月随潮涌，暮霁天无涯。三百六十寺，岚翠渺迷离。
君去事幽讨，抉剔③发天倪④。馀悭收昔遁，奇赏获新知。
朝餐吸山绿，暮雨张水嬉。寻碑嗅梅蕊，独往无人随。
政成无一事，风流方在兹。怀抱一如彼，江山复如斯。
此乐可持赠，寄我千首诗。

乡间昔相从，殷勤托诗酒。再来长安道，舟车并携手。
如今弥旷远，脱然绝窠臼。少年尚意气，峥嵘各自狃。
风尘饱所谙，苍然皆老丑。激湍亦已平，真气充户牖⑤。
相见无藩篱，洒落真吾友。昨夜秋风来，袅袅凉生柳。
念子当乖离，彷徨如失守。万族各有营，欢聚焉可久！
意趣苟无违，秦越如左右。后会知何年，今兹岁在丑。

注释：

①罂盎：泛指盛酒器。

②惸惸（qióng qióng）：忧思，孤单无依。

③抉剔：搜求挑取。

④天倪：自然的分际，亦指天边。

⑤户牖：牖读"yǒu"，窗户。意指门户、门窗。

感春六首

奉君以象白猩唇之异味，青琴碧玉之妖姬。
子复漠然不我与，我今寸意当诉谁。
散发狂歌①非关醉，枯株兀坐未是痴。
手撮黄尘障河决，自有幻想非人知。
城南海棠已烂放，牡丹如雾行离披。
如此青春忍不赏，直待白发宁可追！

今我不欢子不悦，携手天街踏明月。
西南白气十丈长，锐头突尾射天狼②。
东方狗国亦已靖，复道群鼠舞伊凉。
征兵七千赴羌陇，威棱肃厉不可当。
国家声灵薄万里，岂有大辂阻屏螳。
立收乌合成齑粉，早晚红旗报未央。
呜呼天意正如此，小儒不用稽灾祥。

男儿读书良不恶，乃用文章自束缚。
何吴朱邵不知羞，排日肝肾困锤凿。
河西别驾酸到骨，昨者立谈三距跃。
老汤语言更支离，万兀千摇仍述作。
丈夫求志动渭莘，虫鱼篆刻安足尘？
贾马杜韩无一用，岂况吾辈轻薄人！

明珠二百斛，江湖三十年。
遍求名剑终不得，耳闻目见皆钝铅。
闻道海外双龙剑，神光夜夜烛九天。
沴气妖星不敢遌，横斩蛟鳄③血流川。
天子宝之无伦比，列置深殿阊风④前。
千金万金买玉匣，火齐木难嵌中边。
元臣故老重文学，吐弃剑术如腥膻。
如今君王亦薄恩，缺折委弃何当言。

荡荡青天不可上，天门双螭势吞象。
豺狼虎豹守九关，厉齿磨牙谁敢仰？
群乌哑哑叫紫宸，惜哉翅短难长往。
一朝孤凤鸣云中，震断九州无凡响。
丹心烂漫开瑶池，碧血淋漓染仙仗。
要令恶鸟变音声，坐看哀鸿同长养。
上有日月照精诚，旁有鬼神瞰高朗。

太华山顶一虬松，万龄千代无人踪。
夜半霹雳从天下，巨木飞送清渭东。
横卧江干径十里，盘坳上有层云封。
长安梓人骇一见，天子正造咸阳宫。
大斧长绳立挽致，来牛去马填坑谼。
虹梁百围饰玉带，璃柱万石扒金钟。
莫言儒生终龌龊⑤，万一雉卵变蛟龙。

注释：

①散发狂：出自《论语》，接舆，楚国佯狂避世的隐士，孔子适楚，接舆游其门而歌："凤兮！凤兮！何德之衰？往者不可谏。来者犹可追。已而，已而！今之从政者殆而。"此处用楚狂人对世事的不满，来感叹时远不济。

②天狼：星名，在西南方向，古时认为此星主侵略。

③蛟鳄：蛟龙与鳄鱼，泛指凶猛的水中动物。

④阆风：阆读"láng"，即阆风巅。

⑤龌龊：污秽，不纯正，经常形容言语肮脏，或比喻人的思想、品质恶劣，心术不正。

温甫读书城南寄示二首

十年长隐南山雾,今日始为出岫云①。
事业真如移马磨,羽毛何得避鸡群。
求珠采玉从吾好,秋菊春兰各自芬。
嗟我蹉跎无一用,尘埃车马日纷纷。

岳麓东环湘水回,长沙风物信佳哉!
妙高峰上携谁步?爱晚亭边醉几回。
夏后功名馀片石,汉王钟鼓拨寒灰②。
知君此日沉吟地,是我当年眺览③来。

注释:

①岫云:岫,是山的洞穴和岩穴。从穴中涌出来的云叫"岫云"。
②寒灰:比喻不生欲望之心或对人生已经没有任何追求的心情。
③眺览:纵目观赏。

早发沔县遇雨

此身病起百无忧，敢为艰难一怨尤。
晓雾忽飞千嶂①雨，西风已作十分秋。
近知地利真堪恃，早信人谋不自由。
昨日定军山下过，苍天一望故悠悠②。

注释：

①千嶂：千峰。

②悠悠：忧愁思虑的样子。

初入四川境喜晴

万里关山睡梦中，今朝始洗眼朦胧。
云头齐拥剑门上，峰势欲随江水东。
楚客①初来询物俗，蜀人从古足英雄。
卧龙跃马今安在？极目天边意未穷。

注释：

①楚客：指屈原。

为何大令题明赵忠毅公铁如意

君不见，
天启初载国步频，逼迫英彦如束薪。
龙章凤姿膏斧礩①，狐鸣枭噪腾要津。
大珰②滔天不足道，群小罗拜马头尘。
执笏无因殂元恶，请剑未许枭佞臣。
觩觩③赵公天所鉴，年年磨铁影随身。
世事万端不称意，惟有此铁还可人。
誓将袖椎击逆竖，休教铸错污君亲。
星光晱晱趋朝夜，霜气棱棱④拜疏晨。
一回摩挲一洒泪，寸心如石肠如轮。
高皇有灵尚来鉴，小臣此志何由伸？
一朝荷戈西出塞，辜负白铁悔因循。
茄花枯尽委鬼灭，可怜明社亦荆榛。
二百年来馀此物，万劫不敝唯精神。
世人蠢蠢宝珠玉，如君乃获希世珍。
老铁耐寒终得主，岂有正气长郁湮⑤！
请君雪夜倚阑看，金精上烛撼星辰。

注释：

①礩（zhì）：柱子下面的石墩子。

②大珰：指当权的宦官。

③觥觥（gōng gōng）：形容刚直或健壮的样子。

④棱棱：高耸突兀的样子；威严的样子。

⑤郁湮：滞塞不通；郁抑不畅。

赠李生

岷山万仞雪，太古人迹稀。中有窈窕谷，绿蕙芳以菲。
幽芬亦已郁，赏识方庶几。涧边棘荆满，山上春草肥。
托根①亮同地，岂辨谁是非！地亦不能易，香亦不能飞。
忽逢荷樵子，采撷盈裳衣。临风再三嗅，俯仰情依依。
由来有臭味，不必崇知希②。

注释：

①托根：寄身，托付。

②知希：出自《老子》："知我者希，则我这贵。"后用"知希"表示知己难得。

桂湖五首

新都桂湖,明杨升庵修撰故宅也。使旋过此,县令张君宜亭招饮湖上,为赋此诗。

遂别华阳国,归程始此赊。翻然名境访,来及夕阳斜。
翠竹偎寒蝶,丹枫噪暮鸦。词人云异代,临水一咨嗟①。

短城三面绕,浅水半篙寒。鸟过穿残日,鱼行起寸澜。
秋来楼阁静,幽处地天宽。平昔江湖性,真思老钓竿。

十里荷花海,我来吁已迟。小桥通野港,坏艇卧西陂。
曲岸能藏鹭②,盘涡③尚戏龟。倾城游女盛,好是采莲时。

矮桂枝钩袖,丛篁叶打头。堤行皆仄径④,路断得高楼。
栏槛千回锦,琉璃五色秋。落霞沉水底,绮散不能收。

颇忆家山好,去乡兹⑤六年。此间行乐地,小有洞庭天。
点缀须人力,招寻信妙缘。使君殊不俗,把酒竟茫然。

注释:

①咨嗟:叹息。
②藏鹭:藏匿的鹭。
③盘涡:水旋流形成的深涡。
④仄径:狭窄的小路。
⑤兹:现在。

梓潼道中有怀冯树堂陈岱云

复幛七盘相约束，清流九曲与周遭。
日高旌旆①鸟蛇乱，秋老爪牙鹰隼②豪。
北望幽燕天漠漠，东归岁月水滔滔。
江山如此知交隔，独对菱花③数二毛。

注释：

①旌旆：旗帜，借指军旅。

②隼（sǔn）：鸟类的一种，翅膀窄而尖，上嘴呈钩曲状，背青黑色，尾尖白色，腹部黄色。用来比喻凶猛。

③菱花：菱的花。

早发武连驿忆弟

朝朝整驾趁星光，细想吾生有底忙。
疲马可怜孤月照，晨鸡一破万山苍。
曰归曰归岁云暮，有弟有弟天一方。
大壑①高崖风力劲，何当吹我送君旁！

注释：

①大壑：大坑谷或大沟，大海。

入陕西境六绝句

西风已谢朔风①遒②，客子劳劳且未休。行过嘉陵三百里，飞崖绝壁又秦州。

破晓七盘山上望，回看蜀国万峰环。英雄割据终何有？陵谷沧桑事等闲。

乱山合处响沉沉，古洞千年海洋深。独卧篮舆初梦觉，时闻脚底老龙吟。

忽忆老筠吾匹俦，汨罗江上苦吟秋。未成嘉会方王贡，便恐才名驾应刘。

江流日夜走荆襄，陇蜀由来四战场。故垒无人谈往事，空山有客吊斜阳。

七二寒溪没骭深，溪边茅屋隔枫林。归人正怯征衣薄，又听山城响暮砧③。

注释：

①朔风：北风、寒风。
②遒：强劲有力。
③暮砧：傍晚捣衣的砧（捣衣石）声。

西征一首呈李石梧前辈

我昨赋西征，爞爞①实朱夏。烈日焚八荒，息影无寸暇。
屠体②甘所侵，炎威肯少借？一病罹百难，烦煎竟日夜。
夙昔伤劲弓，闻弦神已怕。壹志事呻吟，恣仪任嘲骂。
疟疫难指名，热寒互嬗谢。粒食经旬辞，况能问燔炙？
带月方首途，参横未云罢。颠簸笋舆中，磋磨破腰胯。
奴子苍黄询，庸医再三诧。猛然肆造攻，云当一战霸。
恶莠③虽已锄，良苗亦失稼。隔旦嘻其疲，无复平生咤。
皮皱面有洼，耳聋气愈下。惨淡过潼关，沉昏渡清灞。
赫赫李中丞，觥觥范韩亚。老黑④卧三边，犬羊敢狙诈？
闻我至骊山，材官百里迓。秋雨长安邸，征鞍庶一卸。
旅魄颇飘摇，公来百慰藉。遣仆炊香粳，呼僮伺馆舍。
征医未辞频，馈物不论价。古谊暖于春，美言甘于蔗。
我魂稍稍旋，望蜀仍命驾。裹药充箧笥，买饴养婴妊。
渐觉身能轻，如马脱缰靶。吾固庆生存，众雏亦嗟讶。
燕誉多亲知，艰难少姻娅。永愧夫子贤，高情压嵩华。
贱子不足矜，西人实沾化。

注释：

①爞爞（chóng chóng）：熏烤，旱热之气。

②屠体：弱小的身体。

③恶莠：喻品质坏的、不好的人。

④老黑：比喻猛将镇守要塞。

留侯庙

小智徇声荣，达人志江海。咄咄①张子房，身名大自在。
信美齐与梁，几人饱葴醯。留邑兹岩疆②，亮无怀璧罪。
国仇亦已偿，不退当何待！郁郁紫柏山，英风渺千载。
遗踪今则无，仙者岂予绐！褐来瞻庙庭，万山雪皠皠③。
赤日岩中生，照耀金银彩。亦欲从之游，惜哉吾懒怠。

注释：

①咄咄：形容气势汹汹，盛气凌人。

②岩疆：边远险要之地。

③皠皠：洁白。

柴关岭雪

我行度柴关，山光惊我马。密雪方未阑，飞花浩如泻。
万岭堆水银，乾坤一大冶①。走兽交横奔，冻禽窜荒野。
挥手舞岩巅，吾生此潇洒。忽忆少年时，牵狗从猎者。
射虎层冰中，穷追绝壁下。几岁驰虚名，业多用逾寡。
久逸筋力颓，回头泪盈把。

注释：

①大冶：比喻造化。

三十三生日三首

三十馀龄似转车,吾生泛泛信天涯。白云望远千山隔,黄叶催人两鬓华。去日行藏同踏雪,迂儒①事业类团沙。名山坛席都无分,欲傍青门学种瓜。

六载承明厌秘书,河东一赋又吹嘘。多惭衮职无遗事,实借文言有庆馀。白璧出山终就琢,黄金掷谷总成虚。何时却返初衣好,归钓蒸溪缩项鱼?

苦饫风尘未息机,驽骀②已络紫金鞿。诗禅入悟无三昧,世路回头有百非。翁子少年原落拓,承宫家世本清微。故山鸥鸟吾盟在,曾记江边各忍饥。

注释:

①迂儒:迂腐不通事理、不切实际。
②驽骀:指劣马,喻低劣的才能。

读李义山诗集

渺绵出声响，奥缓生光莹。
太息涪翁①去，无人会此情。

注释：

①涪翁：黄庭坚别号。

国士桥

乱鸦呼噪若为情？疲马逡巡①尚欲惊。
遭遇一生容可再？艰难万死竟无成。
至今平楚风犹劲，终古寒流意未平。
他日王孙知己感，可怜钟室泪纵横。

注释：

①逡巡：退让、退却的意思。

至日二首

久行忘节序,夙莫但奔忙。兹旦即长至,我征仍未央。
寒云低树白,边日际山黄。时睹南来雁,飘零不作行。

海市三年舶,河源八月槎①。水衡劳硕画,漆室足咨嗟。
天步方长健,民饥亦有涯。燔柴崇大礼,灵贶②正来赊。

注释:

①槎:木筏。
②灵贶:神灵赐福。

雨

稍稍车尘隔,安闲一闭门。高歌亦未辍,骤雨方此喧。
宿雾依城静,低云人树昏。空庭潴①盛水,容易即江村。

注释

①潴(zhū):水积聚。

喜筠仙至即题其诗集后

昌黎圣者徂不作，呜呼吾意久寥廓。郭生近出还峻嶒①，肠胃森然起邱壑。
古来文士非羸尪②，各有雄心战坟索。自寻世界针孔中，别开九州造城郭。
衰叔曹尚安可论，袭貌沿声胆已薄。丈夫举步骧两龙，岂有趑趄③躐人脚。
我方僵踣暗不前，君能践之道斯托。忆君别我东南行，挽袖牵裾事如昨。
五年奔走存骨皮，龟坼砚田了无获。时时音问相照临，语言虽甘意绪恶。
岂知今日还相逢，席地帷天共一酌。纷纷蛮触争土疆，谁能买闲事笑谑？
解颜一觌岂寻常，百岁忽如扫秋箨。众木有知草有心，殊性异途那可度？
昨夕之炭今晨冰，转燠回寒在焱霍。弓影构似公成真，箭锋失机誉相遻。
葛亮书说虽贵和，屈原平生莫量凿。趋同造独良难兼，攘詢纳尤讵非乐！
方今帝舜明四聪，朱虎夷夔并高爵。大钟土鼓相和鸣，文字秋霜起廉锷。
号呼朋侣趋上流，聊可示强孰云弱？嗟余瞽者迷岳尘，不殖十年得毋落。
欲张汉帜标新军，要盟不从谁肯诺！独者无倚同者羞，心之簸援欲何著！
智小谋大姬所惩，偏有狂夫百不怍。移山愚叟无日休，填海冤禽有时涸。
屠龙大啖愿已虚，哆口如箕且一嚼。老筠老筠子视余，谬志诞言岂堪药！
闭门引窍号五噫，欲与秋虫斗方略。宇宙空旷时日宽，安用出膏自燔灼！
忽忆元和奇崛翁，会合联吟两鸣鹤。云龙相逐终不能，海南江东各飘泊。
彼之贤俊尚如斯，我今昏顽当何若！与君办醉千亿场，谁道人间有纰错。

注释：

①峻嶒：高耸。

②羸尪（wāng léi）：瘦弱，亦指瘦弱的人。

③趑趄（zī jū）：想要前进又不敢前进，犹豫观望。

哭少时同学某

少日低飞各羽翰①,几年茵溷②不同看。
竟缘无食填沟壑,终古衔羞在肺肝。
蚁战莫偿三北耻,蚕僵更吐一丝难。
寡妻弱子知何倚?雪虐风号可耐寒?

注释:

①羽翰:翅膀。

②茵溷(yīn hùn):比喻人的好坏不同的际遇。

寄弟

昔我初去家，诸弟各弱小。阿季髡两髦，觑人眸子瞭。
后园偷枣栗，猱升①极木杪。叔也从之求，挜我谓我矫。
分甘一不均，战争在毫秒。余时轻别离，昂头信一掉。
老弟况童骏，乐多忧愁少。瞥然成六秋，光阴如过鸟。
世味一饱尝，甘心厌荼蓼。梦里还乡国，沟涂苦了了。
朝企恒抵昏，夕思或达晓。君诗忽见慰，回此肝肠绕。
生世非一途，处身贵深窈。众方奔恬愉，圣贤类悄悄。
二陆盛掞张②，鹤唳悲江表。夷齐争三光，岂不在饿殍！
我今寄好语，君听其勿藐！一愿先知命，再愿耐擗摽③。

注释：

①猱升：比喻像猿猴似地轻捷攀爬。

②掞张：掞读"yǎn"，浮夸，铺张。

③擗摽（pǐ biāo）：抚心，拍胸。形容哀痛的样子。

送吴英樾之官浙江兼简魏黄生大令三首

一第寻常事，服官方独难。书生良短浅，世态自波澜。
被褐欲谁语，滥竽仍未安。无言堪汝赠，只是耐加餐。

大邑匪轻寄，斯民会可苏。养鱼防搅水，牧马合求刍。
兵甲连沧海，疮痍①正道途。乐郊枯旱久，迟子一沾濡。

魏子好心事，相从兴颇赊。与君联肺腑，弃我各天涯。
烟雨黔山道，风涛海国槎。东南弥万里，吟望一长嗟。

注释：

①疮痍：创伤，比喻遭受破坏或遭受灾害后的景象。

六月二十八日大雨冯君树堂周君荇农郭君筠仙方以试事困于场屋念此殆非所堪诗以调之

黑云压城真欲摧,银河倒泻天如箍。我巢仓皇变泽国,嗟尔三子嘻可咍。孔鸾欲争雁鹜食,贪饕①岂得逃天灾!矮檐埤危小于盎,拳曲裁足容颈腮。上雨旁风忽冲突,蛰虫有户安能坏?脱屦漂流不可觅,笔床茶臼何有哉!冯君枯坐但闭目,急溜洒面不曾开。周候仰天得画本,倚墙绝叫添喧豗②。郭生耐寒苦索句,饥肠内转鸣春雷。却笑群儿薄心胆,瑟缩啾唧良足哀。丈夫守身要倔强,虽有艰厄无愁猜。我今高卧舒两膝,深檐大栋何恢恢!白日鼾声答雷雨,残滴初歇清梦回。甘眠美食岂非庆,又闻逸乐生祸胎。数君健强齿尚未,正可磨炼筋与胲。明朝日晴各转斗,老黑战罢还归来。为君广沽软脚酒,泥污不洗且衔杯。

注释:
①贪饕:贪得无厌。
②喧豗:形容轰响。

荇农既和余诗而三子者皆见录于有司乃复次韵

王师四出枯朽摧，筑城如铁黄土筵。公然一战收全胜，笑言哑哑①何欢咍！
文章有时奏奇绩，不信五鬼能作灾。诸君运命颇磨蝎，可怜颠顿愁眉腮。
年年力战略城邑，不分上国土一坯。却顾群公无寸效，封侯起第何难哉！
李广旗亭遭醉骂，卫青幕府排云开。今朝背城偶自奋，一呼振臂何轰豗。
皇天亦助昆阳捷，乱飞屋瓦奔云雷。稍雪平生三北耻，一洗往日千悲哀。
但令蚕食得小补，休眱鸡肋生疑猜。神龙卷舒在勺水，绰绰②近退真宏恢。
谊士饮河但解渴，贪泉未到车先回。要将廉退式乡国，坐看合浦还珠胎，
菟裘他年倘可老，林壑休息舒髀骸。不然崇阶借尺木。峥嵘富贵还鼎来。
升沉变迁不可必，今日一乐聊千杯。

注释：

①哑哑：笑声。

②绰绰：宽裕、舒缓。

送邓伯昭兼简家伯秀醇才三首

万里西风道，艰哉信尔行。力耕无半获，寒日耐孤征。
身世嗟杭苇，文章一覆枰。平生馀①意气，未惜为君倾。

君家老痴叔，海内久词宗。岁晚餐幽菊，空山倚冷筇。
我今方速谤，兹味亦非浓。他日庞公榻，来寻物外踪。

吾宗良大雅，老矣尚岩阿。六载长乖隔，百年能几何？
高明遭鬼侮，圭璧受沙磨。动忍由来事，无为弃斧柯②。

注释：

①馀：同"余"，剩下来的，多出来的。
②斧柯：斧柄，喻指权柄。

酬九弟四首

违离①予季今三载，辛苦学诗绝可怜。
王粲辞家遘多患，陆云入洛正华年。
轮辕尘里鬓毛改，鼙鼓声中筋骨坚。
门内生涯何足道？要须尝胆报尧天。

汉家八叶耀威弧②，冬干春胶造作殊。
岂谓戈铤照京口，翻然玉帛答倭奴？
故山岂识风尘事，旧德惟传嫁娶图。
长是太平依日月，杖藜零涕说康衢③。

杜韩不作苏黄逝，今我说诗将附谁？
手似五丁开石壁，心如六合一游丝。
神斤事业无凡赏，春草池塘有梦思。
何日联床对灯火，为君烂醉舞仙倪④。

辰君平正午君奇，屈指老沅真白眉。
人世巾袍各肮脏，闭门谐谑即支离。
中年例有妻孥役，识字由来教养衰。
家食等闲不经意。如今漂泊在天涯。

注释：

①违离：离去，离别。

②咸弧：星名，即弧矢。

③康衢：衢，大路。意为宽阔平坦的大路。

④僛：摇晃着身子。

乙巳春闱谢戴醇士前辈画竹

余少沦贱贫，学书等画墁①。中岁偷太仓，误为金紫绊。
文字虽所攻，浅尝不能半。迩来又十年，抛弃如土炭。
岂谓选佛场，谬来事襄赞！列仙盛瀛州，腰鱼何璀璨！
禁院肩重帐，沉沉官桂观。键户无一营，驰笺②斗豪翰。
醮蓝扫秋叶，斯须复堆案。众雏亦好事，奔命极雨汗。
戴嵩圣云孙，三绝天所叹。干谒填其庐，铁门说三换。
揭来困棘闱，逢人匄脱腕。为余写新竹，风筠兀缭乱。
呵壁呼老可，筌③采何足算！我虽不解画，嗜古颇知岸。
但得琴中趣，何必工抑按。为报青琅玕，微诗庶一粲。

注释：

①画墁：在新粉刷的墙上乱画。比喻劳而无用。

②驰笺：驰书。

③筌：捕鱼的竹器。

题醇士前辈为滇生师画竹迭前韵

锁院重深春烂漫,垩壁潭潭①古所墁。尽收群彦归樊笼②,有似神驹遭絷③绊。
戴侯健者胸宇宏,足亦略经九州半。苦耆书画拼金钱,颇睨蝉貂等涂炭。
钱唐夫子今儒宗,藻火虎蜼赖翊赞。两贤分吸西湖光,东壁交辉北斗灿。
亦有绘事追宣和,岂徒宏文敌贞观。顷来巨卷写凤箴,欲学湖州赠内翰。
断枝零叶不整齐,但觉清风拂书案。试院经今五百年,文字何止千牛汗。
前水后水但东之,万事悠悠良可叹。独有名墨长流传,寿世不随星霜换。
故知雨露濡李桃,不如风云生肘腕。我今老砚久荒芜,图史抛如秋箨乱。
外文内节两无称,蠢蠢④班行谁比算。誓将归牧竹石间,不管世途有陵岸。
戴侯画牛有家法,何不误笔试一按。尚书早兆调燮几,我亦愿歌南山粲。

注释:

①潭潭:深广。

②樊笼:关鸟兽的笼子,比喻受束缚、不自由的境地。

③絷(zhí):拘捕、拘束。

④蠢蠢:动荡不安,众多而杂乱。

请醇士前辈画竹归贻树堂题诗一首

孔翠闭雕笼①，失群忤本性。怀我如玉人，三旬阙宾敬。
老醇今郑虔，支离颇自圣。余为扬其波，画诗极辉映。
写此贻君子，持将作宝镜。筠以喻其文，于方晚节劲。
桃李漫纷纷，语君勿与竞。物外求交知，尘中辟幽复。

注释：

①雕笼：指雕刻精致的鸟笼。

又赠筠仙一幅

人生有乖隔①，咫尺成关山。我心日百转，从来输石顽。
日吾语戴侯，君在张李间。为君画新竹，幽淡不容攀。
我家双溪上，万竹围沙湾。凉夜幽篁里，月冷水潺潺。
行携子偕隐，鹿豕②相往还。诗名满天地，踪迹混棒菅。

注释：

①乖隔：分离，别离。
②鹿豕：比喻山野无知的人、愚蠢的人、好群聚的人。

酬岷樵

市廛①交态角一哄，朝为沸汤莫冰冻。江侯尔岂今世人，要须羊左与伯仲。
汉上邹生狷者徒，卧病长安极屡空。导养难绝三彭仇，恶谶②欲寻二竖梦。
君独仁之相掖携，心献厥诚匪貌贡。执役能令贱者羞，感物颇为时人诵。
文夫智勇弥九州，守愚常抱汉阴瓮。不学世上轻薄儿，巧笑人前事机弄。
昔我持以语冯生，沉饮深觥岂辞痛。郭生酒后犹激昂，往往新篇发嘲讽。
君今劲节盘高秋，况有诗句惊万众。《喜雨》一章已恢奇，犹嫌伏辕受羁鞚③。
顷来贶我珍琼瑶，韬以锦囊无杀缝。我今尘海久沦胥，方寸迷濛足雾霿。
乃知贫贱真可欢，富贵縻身百无用。因君寄语谈天客，狂夫小言或微中。
但教毛羽垂九天，未要好风遽吹送。

注释：

①市廛：市中的店铺。

②谶（chèn）：将要应验的寓言、预兆。

③羁鞚：马勒，喻指束缚。

移居偶成

前人栽藤后人看，我年于藤未及半。前人种竹青成林，舞影窗月清我心。
况有丁香海棠树，堆砌牡丹乱无数。霜风但遣枯枝立，春光犹迟隔年度。
独立何必念芳菲，正肃气与天地遇。此身今古如脱屣，人得人弓等闲耳。
冰霜百物半摧藏，扫除一室吾安事。转眼花开春事新，四座唯延澹荡①人。
读书养性聊为乐，日可招要梅子真。

注释：

①澹荡：放达，骀荡。

赠梅伯言二首

隘巷萧萧劣过车，蓬门寂寂似逃虚。为杓不愿庚①桑楚，争席谁名扬子居？
喜泼绿成新引竹，仍磨丹复旧仇书。长安挂眼无冠盖，独有文章未肯疏。

单绪真传自皖桐，不孤当代一文雄。读书养性原家教，绩学参微况祖风。
众妙观如蜂俦蜜，独高格似鹤骞空。上池我亦源头识，可奈频过风日中。

注释：

①庚：天干的第七位，用作顺序第七的代称。

送陈岱云出守吉安

骊驹①且莫喧，我歌始一放。忆昔初逢君，汉滨俯高浪。
同拾春官第，天门蹋阊阖②。射策干羲轩，挟神一何王！
君喁我斯于，蹑履星辰上。双鸟不分飞，短翎实所傍。
借屋两头居，嬉游不可状。六月寒瓜肥，嚼冰涤府藏。
劈半持作冠，狂呼极跌宕。秋雨催归人，膏车各南向。
长沙揖君庐，入门删三让。拜母升后堂，排筵倒家酿。
明岁同还朝，百扶接居巷。朝餐或来过，夕渴还相访。
问学商米监，经纶说鱼酱。驱驴驾鸡栖，似狗颇茁壮。
有甑例宜尘，无衣安用桁？我道夫子贤，世人或嘲谤。
世人病我顽，夫子怜其诳。袍笏③虽支离，貌卑心则亢。
平生企高遐，力微不自量。树德追孔周，拯时俪葛亮。
又兼韩欧技，大言足妖妄。夫子不予讥，和高越初唱。
洽比三四年，为欢亦云畅。卯岁夏之中，九门盛炎瘴。
君实罹其灾，一病月三望。毒热轰外强，客瘦兀中胀。
有妇贤且勤，吁天事供养。背分荀令凉，馈进冀缺饷。
剜肉补其夭，有神实克相。絷我相扶持，计穷屡怏怏。
国工吴与郑，调齐妙心匠。鬼录不见收，人谋信可仗。
由来福与祸，茫茫自天贶。时月无几何，中馈遘死丧。
我时匍匐救，仓皇事摒挡。黄口抱呱呱，稽首别緫帐。
移巢翼其儿，室毁子无恙。良人非顽石，焉能缺凄怆？
倾家营奠斋，泪河送反葬。我谓"君已愚，稽经惧失当。"
君谓"情自缠，谁超六尘障？"展转弥再期，病贫互摩荡。

南望问尸饔④,储粮不盈盎。摧肠与蹙眉,万端欲谁谅。一朝被殊恩,千忧始涤荡。士穷守艰危,时来类放旷。为君述前尘,在莒慎无忘!报恩不在他,立德乃可尚。丈夫要努力,无为苦惆怅。

注释:

①骊驹:纯黑色的马。亦泛指马。

②阆闶(làng kàng):高大的样子。

③袍笏:朝服和手板。

④尸饔:饔读"yōng",主管炊事劳作之事。

吴宫黄病中属市鹿尾

越舫迎来手指千，屋多不畏贮①风偏。华灯乡话初长夜，药碗吟愁欲雪天。阳气眉间回病客，元精至后固崖仙。内厨斫取殷红色，判费西清月放钱。

注释：

①贮：储存。

腊八日夜直

翻从宫宿得闲时，仙掖①深深昼掩帷。静向古人书易入，寒偏今日酒堪持。浓馓说献宫中佛，晴雪看分禁里墀②。日暮武英门外望，井阑冰合柳枯垂。

注释：

①仙掖：唐时门下、中书两省在宫中左右掖，因此"仙掖"借称门下、中书两省。
②墀：台阶上的空地，亦指台阶。

陈庆覃诗钞题辞三首

魏王大瓠号丰硕，酌水盛浆百不适。丈夫身手岂不良，沉没诗篇真可惜。嘐嘐^①道古无一符，画脂工夫竟何益！我昔镂肝^②好苦言，今来百忧颇冰释。誓将辍轸收哀弹，不唱君家行路难。

近闻西蜀甚陆梁，驱人大邑如驱羊。群揭竿旌过都市，广开林薮收畔亡。新市下江颇窃发，左溪横水还披猖。州家上名使家纵，昔我经过心繁伤。太平风尘亦如此，胡不上书达天子。

虞舜藏弓苍梧野，我家正渡南岳下。眼看乡井多訾髦，凌周郭李皆健者。何郎苍老孙郎少，君合众铜付一冶。楚人自古工语言，湘流到今悼屈贾。褊夫例缚文字禅，剑头一唉真粲然。

注释：

①嘐嘐（jiāo jiāo）：形容志大而言夸。
②镂肝：比喻苦心钻研。

憩红诗课戏题一诗于后

铅山不作桐城逝，海内骚坛委寒灰。龙蛰虎潜断吟啸，坐令蚯蚓鸣惊雷。
憩红先生颇好事，欲拓诗国疆土恢。号召英豪执牛耳，大搜燕冀选龙媒。
走章驰檄遍都市，纷纷吟札如云来。较量锱铢判殿最，岂有鱼目换珠胎！
倾身爱才剧如命，酬字金帛布成堆。达官贵人不好士，先生此举真豪哉！
嗟余楚狂百无用，长安十载餐黄埃。作碑无钱枉自苦，乞米有帖长空回。
臣朔饥死侏儒饱，古来颠倒何足哀！偶然涂抹为新句，画眉深浅乖时裁。
鬟髻①飘零有谁惜？锥刀角逐吁可咍。豚蹄果遂篝车祝，一笑取醉三百杯。

注释：

①鬟髻（huán jì）：古代妇女们的环形发髻。

题钱仑仙燃烛修书图

腐叟音尘湮①,千载无完史。断代自班生,釽撷破大体。
茂先赏三志,编摩或索米。旧书留衅瑕,但为吴生诋。
数贤不足珍,馀外况靡靡。圣代盛文章,群英躐前轨。
殷鉴曩成编,唐经今继美。磊磊南董伦,影缨足幡缡②。
钱子邦之良,弱冠拵金紫。泾渭原胸中,衮铁极笔底。
朝踏东华路,柴车等败屣。夜归南窗下,橡烛照大几。
一字褒幽潜,片言殛奸宄③。曲直在毫端。谁能矜爪觜?
我亦载笔臣,大纛久复弛。三载縻官钱,甑尘亦莫洗。
披图聊粲然,作诗一洒耻。

注释:

①尘湮:全部消失,什么都不留。

②幡缡(fān lí):飞扬。

③奸宄:违法作乱的事情。

酬陈庆覃侍御

赤水沉玄珠，千年迟象罔①。君子回深眷，翻然辱旌奖。
马走那解诗，钩章事卤莽。秋蝉挂高柳，风过自成响。
岂意师旷聪，偏听发谬赏！维君坚高垒，无人敢掉鞅。
笔端一缕香，百灵通肸蚃。方今隆栋穹，伊巫拥天仗。
巢燧无阙遗，无处著崛强。以兹得雍容，闲吟寄慨慷。
有书亦盈床，有沽亦盈盎。六宇自冥冥，湫尘莫予网。
请君拊夔石，予亦击尧壤。

注释：

①象罔：比喻不真切、模糊不清。

兹晨

兹晨何不乐？端念良自尤。自吾有爪觜[1]，半啄匪躬谋。
俯视见后土，仰视见光浮。关门赫婢仆，雄长如诸侯。
专精事羹饭，馀政及千馐。兵后物力绌，平世生齿稠。
人人似我饱，实重黄屋忧。吾皇惕昧爽，彼相争前筹。
圣者自危厉，愚者自优游。大哉六合内，人类难等俦。

注释：

[1]爪觜：觜读"zī"，鸟类的爪和嘴，喻指口才。

失题

西山一夜雨，秋气入庭除。清晨展书坐，翛然乐有馀。
天宇一何廓，荡荡真吾庐。熇熇[1]夸毗子，守隘无旷居。
众鳞争坳潦，鬐鬣安得舒！岂知逃闲寂，放荡得尾闾。
吾乐正如此，君乐复何如？

注释：

[1]熇熇（hè hè）：炽盛的样子。

送凌十一归长沙五首

昨日微雨送残秋，落叶东西随水流。世间万事皆前定，行止迟速非自由。
谋道谋食两无补，只有足迹遍九州。一杯劝君且欢喜，丈夫由来轻万里。

皇天陶钧造万器，瓮盎瓶罍①巧安置。颇怪君材无不能，胸中多藏如列肆。
刀光刺眼瞬不摇，小事痴装大事智。吁嗟世事安可知，干将补履不如锥。

螺蠃负青虫，祝祝亦相似。眼见平地蠹高台，缩版登登无基址。
王侯将相岂有种，时来不得商进止。君归读书更十年，看君白日上青天。

憾我不学山中人，少小从耕拾束薪。朝去暮还对妻子，杀鸡为黍会四邻。
世事痴聋百不识，笑置诗书如埃尘。君归自有青塘山，筑室种树莫言艰。

如我自镜犹可憎，非君谁复肯相偶。寂寞陋巷长叩门，三日一见开笑口。
常时徒步啖②尘土，偶然驱车马如狗。君此归去慰门闾，我今留滞当何如。

注释：

①瓶罍：罍读"léi"。泛指小口大腹的陶瓷容器。
②啖：吃。

失题四首

抽得闲身鹤不如,高秋酒熟鞠黄初,便驱天驷识途马,归钓江乡缩项鱼。往日心情随毂①转,今来身世似舟虚。不须更说知几早,且喜尘缘尽划除。

蜓雨蛮烟日日催,侧身周望重低徊。海滨膏血深无极,帐下笙歌自莫哀,安得贾生时痛哭,可怜杨仆本庸才。投章欲问茫茫意,何处通天尚有台?

金堤旧溃高家堰,复道今年盛昔年。自古尘沙同浩劫,斯民涂炭岂前缘?沉江欲祷王尊璧,击楫谁挥祖逖鞭?大厦正须梁栋柱,先生何事赋归田?

两度归帆溯上流,萧萧落木洞庭秋。送君此去风前酒,忆我当时月夜舟。弘景旧居勾曲洞,杜陵新卜浣溪头。好栽修竹一千亩,更抵人间万户侯。

注释:

①毂(gǔ):车轮中心,有洞可以插轴的部分,借指车轮或车。

秋怀诗五首

大叶下如雨,西风吹我衣。天地气一肃,回头万事非。
虚舟无抵忤,恩怨召杀机。年年绊物累,俯仰怜诟讥①。
终然学黄鹄,浩荡沧溟飞。

蟋蟀吟西轩,商声方兹始。小人快一鸣,得时一如此。
大泽藏蛰龙,严冬卧不起。明岁泽九州,功成返湫底。
吾道恶多言,喧嚣空复尔。

吾爱邵夫子,古之三益者。凿凿攻我瑕,不随世人哑。
薄俗尊文章,吾亦事苟且。赫赫扬子云,末途裂如瓦。
再拜谢援人,斤斧行可舍!

城头昨宵月,今夕亏其圆。丈夫矜小节,一缺谁复全。
蜗庐②抱奇景,高视羲皇前。苍蝇觑尺壁,江汉难洗斕。
马融颂西第,今为时所怜。

吾友刘孟容,遗我两好书。三年不报答,幽怨今何如?
深山闷大宝,光气塞州间。樊英履坛席,名业箕斗虚。
补天倘无术,不如且荷锄。

注释:

①诟讥:诟骂,讥讽。
②蜗庐:泛指简陋的旁屋。

酬薛晓帆

大谷閟幽兰，由来习霜雪。摧挫弥岁年，葳蕤①减昔悦。
本性诚未移，芬芳讵可灭！时物一为遭，适为吴人撷。
会合亦有宜，废兴固难说。旁有荷樵子，殷勤事搴襭。
出山嗅怀袖，馀馨亦未辍。臭味良有然，非渠独明哲。

风骚难可熄，推激惟建安。参军信能事，声裂才亦殚。
寂寞杜陵老，苦为忧患干。上承柔澹思，下启碧海澜。
茫茫望前哲，自立良独难。君今抱古调，倾情为我弹。
虚名播九野，内美常不完。相期蓄令德，各护凌风翰。

注释：

①葳蕤：草木茂盛，枝叶纷纷下垂的样子。

丙午初冬寓居报国寺赋诗五首

闭门百虑丛忧煎,出门葛蔓①相纠缠。苦被尘埃缚欲死,脱身来此亲僧毡。
老松大槐遮四径,日月为我生光妍。道人龙钟五十七,黝深碧眼珍珠圆。
烹茶煮饼时勤我,亦有山果堆初筵。橐驼对座不相管,两家各有无言禅。
皋夔稷契非吾事,休咎饥饱付皇天。

去年肺热苦吟呻,今年耳聋百不闻。吾生卅六未全老,蒲柳已与西风邻。
念我识字殊珍少,浅思讵足燔精神!忽忆轩颉初考文,群鬼啼夜天裂晨。
斯高扬马并奸怪,召陵祭酒尤绝伦。段生晚出吾最许,势与二徐争嶙峋。
惜哉数子琢肝肾,凿破醇古趋嚣嚣。书史不是养生物,雕镌例少牢强身。
我今日饮婆娑尚不乐,嗟尔皓首鱼虫人。

长安十月飞繁霜,西风落叶夏金商。道场隙地一千亩,颓垣破础凄荒荒。
坏塔破陀野狐噪,华楹漫漶②饥鼠忙。忆昔宪皇兴作日,飞楼涌殿何巍昂!
外家恩泽敌四窦,祖师势要凌侯王。三百年来变陵谷,龙象孱弱魑魎狂。
毗卢阁子今安在?向时铁凤蟠穹苍。铜驼荆棘古所叹,今我何为独徬徨?
鼻涕垂颐不须管,况问人世沧与桑。

俗儒阁阁蛙乱鸣,亭林老子初金声。昌平山水委灰烬,可怜孤臣泪纵横。
东西南北辙迹遍,断柯缺斧终无成。独有文书巨眼在,北斗丽天万古明。
声音上溯三皇始,地志欲掩四子名。丈夫立言要须尔,击瓮拊缶乌足鸣!
嗟余孱退昏庸百不力,付与四海刘传莹。

刘郎三十甘蒿莱,荷箓著书真豪哉!郭生辞我还乡国,东游章贡唉红埃。跌宕江山要诗句,倾倒怀抱须尊罍。此间颇似醯池寺,但少晁张跫然③来。朝饥夕渴不可解,安得银潢倒落注金杯!

注释:

①葛蔓:形容纷乱,理不出头绪。

②漫漶:模糊而不好辨别。

③跫然:形容脚步声。

送舒伯鲁

神驹秉清峻，堕地①凌无前。男儿志万里，亦在华妙年。
舒生吾楚俊，结发疲丹铅。内外承嘉荫，托根魁斗躔②。
迎妇范阳府，结客弥幽燕。遂来窜京辇，满月弯鸣弦。
谓言拾高第，如掇床头钱。人事有奇偶，虎鼠非吾权。
文章不妩媚，例为时世捐。芝兰合锄刈，朝菌香彻天。
可怜壮夫志，摧撼终不迁。时时造我闼，屏虑商诗篇。
高吟动厚地，幽思缒③重渊。维桑古有敬，况此接才贤。
昨来忽告别，归意何翩翩！寝门疏定省，肯为世网牵？
一鸣不称意，脱去如鹰鹯。赵孟等闲事，难者参与骞。
马走蠡此间，岁月逐风颠。谋归百不勇，送女聊自镌。

注释：

①堕地：落地，指出生。

②躔：脚迹，行迹。

③缒：用绳子拴住人或物从上往下放。

送莫友芝

豪英不地囿，十九兴偏邦。斩崖拨众棘，往往逢兰茳。
黔南莫夫子，志事无匹双。万书薄其服，廿载幽穷乡。
今年偶作剧，射策来都堂。青鞋①侧破帽，日绎书贾坊。
邂逅一相见，揖我谓我臧。刘郎吾庸敬，好事迷短长。
炙酒赪君颊，亦用沾我肠。微澜时激引，稍稍观涛江。
可怜好手眼，不达时温凉。果然被捐斥，锄刈②不成芳。
谁能尼归驾，飘若惊鸿翔。我时走其庐，深语非浅商。
次及蓼莪痛，老泪何浪浪。嗟余亦心性，内刺能不降？
宾然拜床下，十分肃老庞。关山有乖隔，人事不可详。
万里共日月，肝胆各光芒。作诗勖岁莫，亦以勤刘郎。

注释：

①青鞋：指草鞋。

②锄刈：锄割，引申为铲除、消灭。

题彭旭诗集后即送其南归二首

日日送归客,情抱难为佳。老彭复去我,内抚焉所偕?
往余初遇子,睞睐无等侪。鹰眼迥高秋,势不甘尘埃。
自言困乡国,横被口语猜。绛侯畏膴背,田甲欺死灰。
脱身来洛下,稍摄惊魄回。风波一震薄,万事何有哉?
雄篇忽枉我,峻句何崔嵬!险拔肝胆露,忧患才地开。
终然达紫气,幽狱难可埋。男儿要身在,百忤宁足摧!
临歧不知报,努力于深杯。

大雅沦正音,筝琶实繁响。杜韩去千年,摇落吾安放?
涪叟差可人,风骚通肸蚃①。造意追无垠,琢辞辨倔强。
伸文揉作缩,直气摧为枉。自仆宗涪公,时流颇忻向。
女复扬其波,拓兹疆宇广。大道辟榛芜②,中路生罔两。
孱夫阻半途,老大迷归往。要当志千里,未宜局寻丈。
古人已茫茫,来者非吾党。并世求人难,勉旃③各慨慷。

注释:

①肸蚃(bì xiǎng):散布,缥缈。
②榛芜:草木丛生,形容荒凉的样子。
③勉旃:努力,多于劝勉时用之。

丁未六月廿一为欧阳公生日集邵二寓斋分韵得是字

宴饮非吾欣，十招九不起。岂不耽群欢，未谙诺与唯。
今日饮邵侯，婆娑①办一喜。多因坐上宾，可人非俗子。
梅叟名世姿，萧然红尘里。蝉蜕三十年，万事知脱屣。
独留文章性，贞好无迁徙。颇奖欧阳公，时时挂牙齿。
后者开曾王，前追韩与史。自叟持此论，斯文有正轨。
二三邦国英，风流相依倚。持斤向老鼻，郢门欲成市。
邵侯宏其波，峥嵘见爪嘴。时作好事人，排荡诗酒理。
长安三月雨，炎威方一弛。洗盏招近局，众宾稍填委。
尚想老醉翁，兹辰实揽揆。展图拜光仪，焚香追无始。
馂鲽初在尝，良琴复динос耳。跌宕宇宙间，嘤嘤②亦未已。
鄙人实昏顽，百非遘一是。麋鹿生野性，谬来绊金紫。
纷华一荡潏，精光半销毁。常恐道未闻，殒身同蝼蚁。
苦缅六一公，终古长不死。名位匪绝人，所贵不关彼。
作诗谢邵侯，梅叟并送似。

注释：

①婆娑：盘旋舞动的样子。
②嘤嘤：象声词，多指动物叫声。

酬李生三首

一别李生今四载，我有情怀浩如海。
白日西下江水东，嗟余与女不相逢。
念女春秋正壮大，勋名①邂逅能鼎钟。
三年五年伏不出，镜中便肯改昔容。
丈夫自谋要深远，求田莫问陈云龙。
深山穷谷霜锷老，何人拂拭青芙蓉？

曳尾不羡宗祐龟，孤豚不慕太庙牺。
我今等闲为世用，自怜肮脏百不宜。
海国波涛一万里，天吴罔象相娱嬉。
圣主宵衣事展转，小臣孱薄何能为？
胸中不辨管与乐，囊中常少参与蓍。
朝欷夕噫不自得，俯首长诵鹓梁诗。

孙生粲粲如刻苔，玉立偕女双琼瑶。
同作二乔好夫婿，盛年咳唾干云霄，
蜀山嵯峨蜀江阔，终有畸士光斗杓。
文章不是救时物，扬雄司马乌足骄！
男儿万事须尝胆，讵肯侥幸呼卢枭。
女曹报国好身手，看我蹉跎已老丑。

注释：

①勋名：功名。

次韵戴醇士邵蕙西见过

去年城南卧古刹，高秋万叶声鸣戛。
病中强哦七字诗，欲调苦肠变甘滑。
枢府先生辱相和，神鬼雕镌①何桀黠！
铲除险语归温柔，痛与鄙人砭苕轧。
我时乡梦正南飞，欲促归装理脂銐。
奇章伟句不能报，自惭久喑与蛰与蛰。
岂期岁序遽周遭，西风萧萧又愁杀！
东乌西兔老鞭笞②，镜里催人双鬓蔚。
二贤忽来旷我怀，高论邱索穷九八。
但得樽前赌欢笑，遑冀身后谁识察。
纷纷人海缚簪缨③，汩汩天刑被髡刖。
何时却随两闲鸥，摩空一盘万里豁。

注释：

①雕镌：雕刻。

②鞭笞：用鞭子打。

③簪缨：古代达官贵人的冠饰，借喻高官显宦。

武会试闱中作

禁闱莲漏已宵深，凉月窥人肯一临。
此地频来从案牍①，吾生何日得山林？
貔狓雾隐三更肃，河汉天高万籁沉。
火冷灯青无个事，可怜闲杀爱才心。

注释：

①案牍：古代写字用的木片。

题王麓屏扁舟归养图二首

冶风融日作好春，吾子嘉遁①逢兹晨。长安高盖拥衢术②，住者牛毛去者麟。
平明趋衙莫退舍，日日人前伺喜瞋。谁识扁舟五湖外，尚有朝士梅子真。

涟水之头资江尾，十年同违桑与梓。君去芒鞋踏万山，谷鸟崖花各欢喜。
白头老母迎门笑，倾身一拜儿归矣。我今濡尼不知还，猨鹤③息壤犹在彼。

注释：

①嘉遁：旧时谓合乎正道的退隐，合乎适宜的隐遁。
②衢术：道路。
③猨鹤：借指隐逸之士。

书严太守大关赈粜诗后

去年河北哀鸿嗸，千里剥地垆无毛。
霪牲瘗圭百不应，妻儿鬻食夫遁逃。
吾皇惨恻轸饥溺，银潢下灌倾恩膏。
诏发内储一百万，拯置衽席苏号咷。
颇闻洪波有渗漏，蟊贼难防胥役饕。
令我苦思循良吏，部勒仁政明秋毫。
丽江太守今召父，噢咻①赤子归甄陶。
政成蛮犵罢歌舞，跌宕滇海穷诗骚。

朅来金门谒帝座，一篇示我何桀骜。
赈粜两章尤警绝，风格欲与次山争旌旄②。
大夫出疆得专擅，汲黯发粟史所褒。
叔世议赈非细事，走章驰檄相訾謷。
州家申求使家阻，民册吏牍如山高。
君能奋身拯水火，一破积习万口牢。
画脂不是壮夫业，诗外有事真贤豪。
安得九州遍公等，抚摩万众离煎熬，
作歌聊用劝来哲，下考莫哂阳城劳。

注释：

①噢咻：安抚，笼络。
②旌旄：军中用以指挥的旗子。

送孙芝房使贵州二首

妙年作赋动明光,又策星轺赴夜郎。
文采边陬瞻泰斗①,仪容寸步中宫商。
沅湘过访三闾庙,宛叶行经百战场。
定有新诗传万口,归来吾与解奚囊②。

六年陈迹君能记,病骨秋风入剑关。
曾洗人天清净眼,饱看巴蜀怪奇山。
君今岩壑搜群玉,自有光芒照百蛮。
不似老夫徒碌碌,昆冈一网手空还。

注释:

①泰斗:比喻德高望重或有卓越成就而为众人所敬仰的人。
②奚囊:唐李商隐《李长吉小传》:"每旦日出,与诸出游,恒从小奚奴,骑距驴,背一古破锦囊,遇有所得,即书投囊中。"后称诗囊为奚囊。

太学石鼓歌

韩公不鸣老坡谢，世间神物霾寒灰。我来北雍抚石鼓，坐卧其下三徘徊。
周宣秉旄奠八柱，岐阳大狩鞭风雷。四山置罦匝天布，群后冠带如云来。
东征北伐荡膻秽，方召啴啴①何雄哉！铭功镌石告无极，欲镇后土康八垓。
自从七国战龙虎，荒芜王迹沦蒿莱。嬴颠刘蹶六代沸，把酒但劝长星杯。
陈仓流落一千载，霜饕日剥空黄埃。国子先生老好事，欲比郜鼎②珍琼瑰。
东都相公守右辅，始舁泮沼剜苍苔。五季蜩螗③颇星散，司马刺史初重恢。
是时十鼓嗟失一，抛弃不辨何山隈。博搜民间得异臼，秦关复赎连城回。
宣和天子向儒雅，太清书画千云堆。诏移此石归汴水，圆桥观听何轰豗！
行填字钩发光怪，照耀艮岳④金碧开。岂知六龙卒北狩，法物曾不禳凶灾！
高车大牛辇万货，填坑咽谷惊三才。是鼓苍黄亦北徙，重器始此蟠燕台。
道园诗翁主太学，兴举百废扶倾颓。中门两枨与位置，华楹大栋增崔嵬。
承以砖坛护以槛，清阴四幂连疏槐。迩来春秋阅五百，光气夜夜腾斗魁。
圣清文明迈巢燧，搜抉书契穷根荄。从臣技能半史籀，别作新鼓相追陪。
小儒昏钝无所识，得从械朴备条枚。细思物理穷显晦，茫茫人事不可推。
作歌聊继二公后，不羞驽蹇随龙媒。

注释：

①啴啴：喘息的样子。

②郜鼎：春秋郜国造的庙宇祭器，以为国宝。

③蜩螗：比喻喧闹、纷扰不宁。

④艮岳：山名，在河南开封城内东北隅。

题朱伯韩侍御之尊人诗卷手迹

异时河内初陆梁,谁其御者朱与强。强公身死剪妖党,殊恩稠叠旌国殇。朱公墨守一黑子,遮蔽怀卫如苞桑①。时逾岁迈三十载,事过颇忆张睢阳。吾皇继序录勋伐,诏祀名宦褒忠良。流芬远韵不可陨,遗墨始此瞻晖光。诗律欲传杜宗武,风微略近元漫郎。公家衮师吾所友,向人缱绻②好肝肠。往时娇养比苕玉,今日柯条还老苍。谏章九门慴虎豹,文事四海知班扬。阿季行能变超趯③,轻收科第如掇筐。永慰老翁山下魂,九原一笑能轩昂。近闻汴州赤大地,千里涤涤无罋粮。析骸易子都穷尽,公之旧部亦流亡。河北枯胔相枕藉,关西寇盗仍披猖。安得如结且千辈,散布都邑苏痍伤。摩挲此卷三太息,聊表先正诒方将。

注释:

①苞桑:桑树之本,比喻牢固的根基。

②缱绻:牢固,不离散。

③超趯:高远,高超。

送梅伯言归金陵三首

金山混迹发苍苍，从此菰蒲岁月长。人世正酣争夺梦，老翁已泊水云乡。自繙素业衡轻重，久觉红尘可悯伤。只恐诗名天下满，九州无处匿韩康。

征君绝学冠寰瀛①，又见文孙树立宏。六叶弓裘②传柏梘，百年耆旧数宣城。缅怀仁庙虚前席，尽访鸿儒佐太平。岂独当时能感激，至今臣子涕纵横。

文笔昌黎百世师，桐城诸老实宗之。方姚以后无孤诣，嘉道之间又一奇。碧海鳌呿鲸掣③候，青山花放水流时。两般妙境知音寡，它日曹溪付与谁？

注释：

①寰瀛：天下，全世界。
②弓裘：父子世代相传的事业。
③鳌呿鲸掣：比喻诗文气势雄伟奇特，意境荒诞虚幻。

送黄恕皆使秦中

辇毂蜂房聚，万人扃闭牢。脱身得出走，尘鞅①方一逃。
黄君吾党彦，暗默谢群嚣。持节下关陇，太华秋气高。
西北收功实，自古产英髦②。圣朝枋儒术，土室始深韬。
三征卧不起，四字烂天褒。张吕去云久，馀绪犹可缫。
丹穴凤所都，累叶无凡毛。猗兰岂不馥？所贵采撷劳。
三洗人天眼，往观大海涛。括尽波底蚌，明月终在遭。
先民有遗绍，邂逅入甄陶③。归来谢天子，亦用夸吾曹。
为己辨檠辅④，与世置夔皋。

注释：

①尘鞅：世俗事务的束缚。

②英髦：俊秀杰出的人才。

③甄陶：烧制瓦器，比喻天地造化。

④檠辅：檠，读"fǔ"。相互矫正之意。

北堂侍膳图为姚吏部题二首

脱叶辞乔柯,回旋依旧畹。行役有乖违,梓桑终缱绻。
姚君虞舜裔,纯行亚圭琬。伯瑜陈采服,下堂自婉娩①。
一从通朝籍,乡关日已远。浮云有东西,游子不得返。

树兰服众芳,谁能忘根本?爰②图圣善容,慰此深爱悃。
嘉鱼初在烹,新笋欲盈蓴。不惜求取劳,但虞珍膳损。
魏阙身事羁,南陔归梦稳。移孝出忠勋,邂逅还补衮③。

注释:

①婉娩:柔美,美好。
②爰:改易,更换。
③补衮:补救、规谏帝王的过失。

韩斋为孔舍人题

西京大雅沦，斯文日凋败。天不丧周孔，使人续謦咳①。
韩子兴中原。圣言始有赖。孤窍吐雄奇，金声塞两戒。
时于蕙兰室，中出蛟龙怪。回首视齐梁，有作颇衰惫。
一从兹途辟，来者方云会。豪彦仍响臻，欧曾得两大。
圣清炳昌运，方姚实孤迈。鲁叟有云孙，嗜古百无懈。
斋袚奉烝尝，但下昌黎拜。大书榜其室，夙莫见蓍蔡②。
谁云千载遥？神理与针芥。浥翰漫亲炙，相夷等自郐。

注释：

①謦咳：咳嗽，亦指谈笑、谈吐。

②蓍蔡：比喻德高望重的人。

桐阴消夏图为史吏部题

炎曦灼大地，蠕蚊同烹煎。
有生奔末利，扰扰不遑安。
史君静者流，置身巢燧间。
绿天展珍簟①，桐叶生虚寒。
煮茶激清吹，拂箔回微澜。
客来戒不报，尘事莫相干。
颇亦哀老子，佳眼未渠阑。

注释：

①珍簟：簟，读"dàn"。精美的竹席。

题苗先麓寒灯订韵图

大雅久沦歇①，正音委榛芜②。永明肇四声，稍变周汉模。
开皇集八士，牙旷相饰揄。夜半画纲纪，韵学兹权舆。
承袭一千载，灌莽成康衢。韩公颇好古，枉啜六经腴。
放者骋游骑，敛者如辕驹。近退失所恃，不得返皇初。
有宋盛文藻，才老信狂夫。陈生兴晚明，秉烛照幽墟。
胜广驱除毕，沛下风云趋。圣清造元音，昆山一鸿儒。
中天悬日月，堂堂烛五书。上追召陵叟，千载若合符。
斯文有正轨，来者何于于！江戴扬其波，段孔入其郛。
苗髯最晚出，汇为众说都。精思屈鬼膝，高论揖唐虞。
鼍熊皎入梦，薪火耀天枢。神光不可熄，长夜一灯孤。
风雪交四壁，横膏校残书。人谓髯何惫，髯谓吾自娱。
自我与髯友，大海礼闲鸥。时洗筝笛耳，一听秦青讴。
物外有真知，肝鬲助歌歟。爱髯不忍别，作诗写区区。

注释：

①沦歇：衰落，衰歇。

②榛芜：草木丛生，指梗塞，阻碍。

养闲草堂图为潘博士题

浩浩①市声沸，尘雾如惊涛。中有淡定人，万事渺秋毫。
家世东山旧，诸谢各清高。末行濯德辉，九天一羽毛。
岂谓回风劲，修路滞将翱。乾坤岂不大，一笑解天韬。
四时足休息，静极思作劳。时携桑舆友，物外得佳遨。
脱帽谈虞夏，生理寄浊醪②。归来对虚室，风日淡相遭。
老鹤傍人睡，群鸡正喧嘈。

注释：

①浩浩：引申为喧闹。

②浊醪：浊酒。

壬戌四月沅弟克复巢县和州含山等城赋诗四首

濡须坞①里涨春波,三月莺啼气正和。
一骑云飞新报捷,汉家收复旧山河。

碧血家家百草腥,荒郊五夜泣坤灵。
将军一扫陵阳道,便有游人说踏青。

半壁山前铁锁横,当年诸将各声名。
即今锥凿西梁下,益信先皇万里明。

师淑韩公二十霜,敢将裴令并论量。
诸君自有浯溪笔,看出穹碑②日月光。

注释:

①濡须坞:堡坞名。
②穹碑:圆顶高大的石碑。

游金山观东坡玉带诗

去岁归帆拂金山，咫尺浮图①不可攀。今年又剪瓜洲渡，扶携妙友陟孱颜②。
簿领丛中困桎梏，脱身一试腰脚顽。微风蹙江众皱静，一抹横吞东海宽。
耽耽楼观今安在？无情瘦石空巑岏③。六飞昔临浮玉顶，御榻霄汉千龙盘。
兵火十年变陵谷，道场百亩荒榛菅。颓垣不见螭缠栋，荆扉无复兽啣环。
古佛负墙渗秋雨，雏僧无食号夜寒。独余苏公旧法服，腰玉片片留人间。
绂佩流传七百祀，天章褒宠同锡銮。我怀峨嵋老尊宿，翱翔人海如凤鸾。
扬子江头数来往，几回愉乐几辈酸。北去乌台判死别，南迁岭表绝生还。
磨蝎作灾魑魅壮，荆棘塞天行路难。差喜名山藏故物，长倚江月照忠肝。
巴陵诗叟抱奇逸，齐盟早歃风骚坛。敛板厌束渊明带，谈经时敲子夏冠。
昨来省我钟山麓，今此东游兴未阑。扁舟更欲探瓯越④，誓穷人力发天悭。
嗟余本志耽邱壑，羁束尘鞍无由删。江山自佳日自富，堪笑纷纷苦不闲。

注释：

①浮图：同"浮屠"，佛教语。

②孱颜：参差不齐的样子，或斑驳陆离的样子。

③巑岏：山高大的样子。

④瓯越：亦作"瓯粤"，指古瓯越所居之地。

题俞荫甫群经平议诸子平议后

圣徂旷千祀，微言久歇绝。六经出燔馀，诸老抱残缺。
尚赖故训存，历世循旧辙。从宋洎有明，轨途稍歧别。
皇朝褒四术，众贤互摽揭。顾阎启前旌，江戴绍休烈。
迭兴段与钱，王氏尤奇杰。大儒起淮海，父子相研悦。
子史及群经，立训坚于铁。审音明假借，课虚释症结。
旁证通百泉，清辞皎初雪。九原如有知，前圣应心折。
俞君一何伟，跬步追曩哲①。尽发高邮奥，担囊破其镢。
君昔趋承明，凤鸾与颃颉。轺车聘嵩洛，康衢误一跌。
子云宦不达，草玄更折节。文囿芟天葩，经薮供清醳。
庞言颇舭排，诸子亦梳抉。复从群贤后，森然立绵蕝，
嗟余老无成，抚衷恒惙惙②。闳才不荐达，高位徒久窃。
兹编落吾手，吟览安可辍。

注释：

①曩哲：先人，古之哲人。

②惙惙：忧郁的样子。

酬王壬秋徐州见赠之作

戒徒事秋搜,理棹及淮甸①。尘坱正纷挐②,邂逅扶英彦。
乖离七易霜,天遣更相见。后车携嘉客,同驰彭城传。
轻飔③浣素襟,名论回深眷。自云寻绝学,涂轨约三变。
侨居蒸水阳,亲知断游宴。闭户自高歌,寒宵百虑战。
群圣下窥瞰,忧喜相庆唁。尽抉诸经心,始知老儒贱。
探篋出新编,照座光如电。说《易》烛大幽,笺《书》祛众眩。
旁及庄生旨,抵巘④发英盼。大雅久不作,小知各自衒。
汉宋互嘲讥,馀炎更相煽。迟君绍微言,毫芒辨素绚。
高揭姬孔情,洪曦消积霰。湖湘增景光,老怀亦忻忭⑤。

注释:

①淮甸:淮河流域。

②纷挐:混乱的样子。

③轻飔:微风。

④巘(yǎn):大山上的小山头。

⑤忻忭:欢欣的样子。

参考文献

[1]《曾国藩文集(全四册)》曾国藩著,李翰文译注 万卷出版公司,2009

[2]《曾国藩文集精粹》陈俊才主编 海潮出版社,2012

[3]《曾国藩文集》(清)曾国藩著,陈书凯编译 中国纺织出版社,2007

[4]《家藏经典文库(第一辑):曾国藩传世文集》《家藏经典文库》编委会编著 中国工商出版社,2013

[5]《曾国藩文集》(清)曾国藩著,姜萌整理 万卷出版公司,2010